봉신연의 7

지은이 허중림
옮긴이 김장환

도서출판 신서원

역사여행 23 봉신연의 7

  2008년 6월 20일 초판1쇄 인쇄
  2008년 6월 25일 초판1쇄 발행

  지은이 • 許仲琳
  옮긴이 • 김장환
  펴낸이 • 임성렬
  펴낸곳 • 도서출판 신서원
  서울시 종로구 교남동 47-2 힙신빌딩 209호
  전화 : 739-0222·3 팩스 : 739-0224
  등록번호 : 제300-1994-183호(1994.11.9)
  ISBN 978-89-7940-723-5

신서원은 부모의 서가에서 자녀의 책꽂이로
'대물림'할 수 있기를 바라며 책을 만들고 있습니다.
잘못된 책은 연락주세요.

목차

71 자아가 세 길로 군대를 나누다 ▪ 5

72 광성자가 벽유궁을 세 번 찾아가다 ▪ 29

73 청룡관에서 황비호의 군대가 저지당하다 ▪ 55

74 형·합 두 장수가 신통력을 드러내다 ▪ 83

75 토행손이 오운타를 훔치려다 함정에 빠지다 ▪ 115

76 정륜이 적장을 붙잡고 사수관을 취하다 ▪ 147

77 노자가 일기를 삼청으로 변화시키다 ▪ 175

78 삼교가 모여서 주선진을 격파하다 ▪ 195

79 천운관의 네 장수가 사로잡히다 ▪ 227

80 양임이 하산하여 온황진을 격파하다 ▪ 257

姜子牙三路分兵

자아가
세 길로 군대를 나누다

준제도인이 고갯마루에 올라 소리쳤다.

"공선은 응답하시오!"

잠시 뒤에 공선이 군영을 나와보니 한 도인이 이상한 모습으로 오고 있었다. 몸에는 도복을 걸치고 손에는 나뭇가지를 들었는데, 이마에는 사리자舍利子를 매달고 손바닥에는 몰문경沒文經이 쓰여 있었다. 한눈에도 서방의 대선임을 알 수 있었다.

공선이 준제도인을 보고 물었다.

"도인은 통성명이나 하시오!"

"빈도는 그대와 인연이 있어서 왔소. 그대와 함께 서방의 극락세계를 누리면서 삼승대법을 강론하고 아무런 근심걱정 없이 정과正果를 성취하여 스러지지 않는 이 금강체金剛體를 완성하는 것이 어찌 훌륭하지 않겠소! 어찌하여 그대는 이 살겁殺劫 속에서 살아가려 하시오?"

"하하! 한바탕 어지러운 말로 또 나를 미혹시키려 하는구나!"

"그대는 내가 하는 말을 들어보시오. 내 그대에게 노래로 증명하겠소."

도행을 온전히 이루었으니 목욕함이 마땅하고,
본성을 단련하여 완성했으니 천진天眞에 합하도다.
하늘이 자방子方에서 열리니 바야흐로 도를 이루고,
구계삼귀九戒三歸하니 비로소 스스로 새로워지네.
깃털을 벗어던지고 극락으로 귀의하고,
속세의 울타리를 뛰어넘어 백신百神을 봉양하네.
속진의 때를 깨끗이 씻어 전혀 물듦이 없고,
본원本元으로 돌아가 몸이 스러지지 않는다네.

공선이 듣고 나더니 대노하여 도인의 정수리를 향해 칼을 내리쳤다. 준제도인은 칠보묘수七寶妙樹를 들어 공선의 긴 칼을 막아냈다. 공선이 황급히 금채찍으로 다시 후려치자 도인은 또한 칠보묘수를 들어 공선의 채찍을 한쪽으로 막아냈다.

공선은 이제 단지 두 빈손만 남았으므로 마음이 조급하여 황급히 홍광紅光을 준제도인에게 뿌렸다. 연등도인은 이를 보고 자기도 모르게 크게 놀랐다. 준제도인이 눈을 부라리고 입을 크게 떡 벌렸더니, 순식간에 투구와 갑옷은 산산이 찢어지고 공선의 말까지 땅으로 주저앉았다.

이어서 공선의 오색광五色光 속에서 뇌성이 울리며 하나의 성상聖像이 나타났는데, 18개의 손과 24개의 머리에 영락산개瓔珞傘蓋와 화관어장花罐魚腸을 들고 거기다가 신저神杵와 보좌寶銼·금령金鈴·금궁金弓·은극銀戟·깃발 등을 갖추고 있었다. 준제도인이 게를 지어 노래했다.

> 보염금광寶焰金光이 해처럼 밝게 빛나니,
> 서방의 묘법이 가장 정묘하도다.
> 천 알의 구슬목걸이는 오묘함이 무궁하고,
> 만 갈래의 상서로운 구름은 차례대로 피어나네.
> 들고 있는 신저神杵는 사람들이 보기 드문 것이니,
> 칠보림七寶林 속에서 어찌 함부로 행동하겠는가.
> 이번에 함께 연대회蓮臺會에 나아가면,
> 그날에야 비로소 대도를 이룸을 알리라.

이를 지켜보던 사람들은 혼이 달아날 정도로 놀랐다. 공선이 너무나 맥없이 사로잡힌 탓이었다. 준제도인이 공선의 목을 명주끈으로 묶고 절굿공이 보저寶杵를 그의 몸 위에 놓고서 말했다.

"도우는 본래 모습을 드러내시오!"

삽시간에 공작 한 마리가 나타났는데, 외눈에 가느다란 벼슬을 하고 있었다. 사람들이 미처 놀란 입을 다물기도 전에 준제도인은 공작에 올라타고 천천히 고개를 내려와 자아의 대군영으로 들었다. 준제도인이 말했다.

"빈도는 내릴 것 없이 그냥 가겠습니다."

자아가 말했다.

"노스승의 대법은 참으로 무궁하시오. 그런데 공선이 나의 여러 문인들과 장수들을 어느 곳에 놓아두었는지 모르겠습니다."

준제도인이 공선에게 물었다.

"도인은 오늘 이미 정과正果로 돌아왔으니 마땅히 자아의 여러 장수와 문인들을 돌려보내야 할 것이다."

공선이 응답했다.

"모두 진영 안에 가둬놓았습니다."

준제도인이 자아에게 그 이야기를 전해 주었다. 그런 다음 연등도인과 이별하고 나서 공작을 한번 나꿔채자 공작이 두 날개로 솟구쳐 올라 오색의 상서로운 구름과 보랏빛 운무 속에서 선회하더니 곧장 서방으로 떠났다.

자아는 위호·육압도인과 함께 공선의 진영으로 가서 병졸들에게 투항을 종용했다. 여러 병사들은 우두머리가 없어진 것을 알고 모두 투항하기를 원했다. 자아가 그들에게 허락하고 황급히 후영으로 가서 여러 문인들을 풀어주었다. 여러 장수들이 풀려나와 본영에 이르러 자아와 연등도인에게 감사의 절을 올렸다.

다음날 숭흑호 등도 숭성으로 돌아갔고, 연등도인과 육압도인도 각자 산으로 돌아갔다. 양전도 군량미 수송을 끝마쳤다.

자아가 명했다.

"이미 시일을 많이 지체했으니 빨리 진군토록 하라."

대군이 금계령을 쉬지 않고 넘어 선발대가 곧장 사수관 근처에 도착하자 정탐병이 사수관에 이르렀음을 보고했다. 자아는 군대를 멈추게 하여 관 아래에 대군영을 설치하라고 명했다.

자아는 군막에 올라앉아 정인正印을 나타에게 주어 선행관으로 삼고 남궁괄을 후초後哨에 임명했다. 첫번째 싸움에서 예봉을 제압당한 남궁괄로서는 군기의 엄정함을 따를 수밖에 없었다.

사수관의 한영은 공선이 패하고 또한 주나라 군사가 관 아래에까지 이르렀다는 보고를 듣고서 여러 장수들과 함께 성에 올라 자아의 군사를 바라보니 실로 군기가 엄정했다. 들판 가득 철마와 병기가 벌여져 있는데, 천 개의 홍기와 적기 또한 바람을 받아 펄럭거렸다. 빽빽한 칼날들은 마치 백만 개의 크고 작은 수정쟁반이 늘어선 것 같고, 쌍을 이룬 긴 창들은 흡사 수천 개의 굵고 가는 얼음꼬리가 벌여진 것 같았다.

한영은 특히 자아의 대군영이 온통 커다란 붉은 깃발로 뒤덮여 있어서 마음속으로 의심했다. 한영은 은안전에서 여러 장수들과 함께 상주문을 써서 조가에 급보를 알리게 하고, 한편으로는 장수들을 점검하여 수비책을 마련하도록 했다.

한편 자아가 중군에서 정좌하고 있을 때 선행관 나타가 앞으로 나아가 말했다.

"군대가 관 아래에 이르렀으니 속히 싸우는 게 마땅합니다. 그런데 사숙께서는 병사를 주둔시키고 벌써 사흘 동안이나 싸우질 않으니 무슨 연고라도 있으십니까?"

자아가 말했다.

"불가하다. 나는 지금 세 길로 병사를 나누려 한다. 한

부대는 가몽관佳夢關을 점령하고 한 부대는 청룡관青龍關을 점령할 것이다. 그래서 두 명의 총병總兵을 제비뽑아 두 관을 점령하려 하는데, 재주와 덕을 겸비하고 일세의 영웅이 아니면 이 임무를 감당하지 못할 것이다."

자아는 황비호와 홍금을 둘러보며 말했다.

"나는 황 장군과 홍 장군이 아니면 불가하다고 생각으로 저울질하고 있다."

이에 두 장수가 앞으로 나섰다.

"두 사람은 산가지를 뽑아 좌우를 결정하십시오."

두 장수가 응낙하자 자아가 산통에서 두 개의 산가지를 꺼내 책상 위에 놓았는데, 황비호가 뽑은 것은 청룡관이었고 홍금이 뽑은 것은 가몽관이었다. 두 장수는 각기 홍잠화紅簪花를 꽂고 병사 10만씩을 나누었다.

황비호의 선행관은 등구공이었으며 황명黃明·주기周紀·용환龍環·오겸吳謙·황비표黃飛豹·황비표黃飛彪·황천록黃天祿·황천작黃天爵·황천상黃天祥·태란太鸞·등수鄧秀·조승趙昇·손염홍孫焰紅 등이 길일을 택하여 깃발을 치켜들고 청룡관을 향하여 떠났다.

홍금의 선행관은 계강季康이었으며 남궁괄南宮适·소호蘇護·소전충蘇全忠·신면辛免·태전太顚·굉요閎夭·기공祁恭·윤적尹籍 등이 또한 병사 10만을 이끌고 가몽관을 향하여 떠났다.

사수관을 떠난 홍금의 부대는 줄곧 군위를 떨치며 인마가 함성을 지르고 용기백배하여 산과 강을 거듭 건너고 현과 주를 지났다.

정탐병이 중군에 들어와 가몽관에 도착했다고 보고하자, 홍금은 명을 내려 군영을 주둔하고 대성채를 세우라고 했다. 삼군이 함성을 질러 기를 돋웠다. 홍금이 군막에 오르자 여러 장수들이 차례대로 군례를 올렸다.

"병사들이 백 리를 행군하느라 싸우지 않아도 절로 몸은 지쳐 있을 것이오. 그러니 오늘은 쉬시오. 내일은 누가 먼저 나가 맞붙어보겠소?"

계강이 곧장 나서며 자기가 가겠다고 해 홍금이 허락했다.

다음날 계강은 말에 올라 칼을 들고 관 아래에 이르러 싸움을 걸었다.

가몽관의 주장인 호승胡昇이 호뢰胡雷·서곤徐坤·호운붕胡雲鵬 등과 한참 적병을 물리칠 계책을 논의하고 있을 때 정탐병이 원수부에 들어와 보고했다.

"총병께 아룁니다. 주나라 장수가 싸움을 청하고 있습니다."

호승이 물었다.

"누가 그를 물리쳐 서전을 장식하겠는가?"

옆에서 서곤이 명을 받들어 갑옷과 투구로 무장하고 관을 나갔다. 계강이 서곤을 알아보고 소리쳤다.

"서곤, 지금 천하가 모두 주나라 군주에게 귀속했는데 그대는 어찌하여 아직도 천명을 거역하고 억지 싸움을 하려 하는가?"

서곤이 크게 욕했다.

"역적놈! 조무래기로 나라를 등진 네놈이 무슨 재주가 있기에 감히 큰소리를 치느냐!"

말을 몰아 창을 흔들면서 곧장 달려들었다. 계강이 칼을 빼 막아냈다. 두 말이 서로 엉켜 50여 합을 크게 싸웠다. 그때 계강이 입 속으로 주문을 중얼거리자 정수리 위에 한 줄기 검은 기운이 생겨나더니 그 속에서 개 한 마리가 나타났다. 서곤은 미처 방비하지 못하여 그 개에게 얼굴을 물리고 말았다.

서곤의 창법이 크게 어지러워진 틈을 타서 계강은 재빨리 칼을 치켜들고 말 아래를 내리쳐서 서곤의 수급을 베어냈다. 계강은 북을 울리며 진영으로 들어가 공을 보고했다.

가몽관의 정탐병이 호승에게 서곤이 죽었다고 보고하자, 호승은 마음이 몹시 불쾌했다. 다음날 좌우에서 또 보고했다.

"어떤 서주장수가 싸움을 청합니다."

호승이 호운붕에게 나가 대적하라고 명하자, 호운붕은 말에 올라 도끼를 꼬나들고 관을 나갔다. 앞에는 소전충이 기다리고 있었다. 호운붕이 크게 욕했다.

"역적놈! 천하가 모두 반란을 일으켜도 너만은 그러할 수 없는 처지이다. 너의 누이는 조가의 총애받는 황후인데 이렇게 스스로 근본을 망각하다니 말이 된다고 생각하느냐! 말 위에 잘 앉아 있어라. 내가 네놈을 사로잡고 말겠다!"

두 말이 튀어나가고 창과 도끼가 함께 맞붙었다. 삼사십 합을 싸우고 나자 호운붕은 자기도 모르게 온몸에서 땀이 흘러내렸다. 호운붕이 어떻게 소전충의 적수가 되겠는가! 죽을힘을 다했지만 손이 미치지 못했다. 이때를 노려 소전충은 대갈일성하면서 호운붕을 말 아래로 거꾸러뜨렸다. 그는 간단히 호운붕의 수급을 베어가지고 돌아와 홍금에게 공을 보고했다.

호승진영의 초병이 관으로 들어가 보고하자 호승이 호뢰에게 말했다.

"현제賢弟, 지금 두 싸움에서 연거푸 두 장수를 잃었으니 천명을 가히 알 수 있도다. 하물며 지금 천하에서 주나라로 귀속한 곳이 한 곳만이 아니니, 우리 형제가 상의하여 귀순함으로써 천시를 따르는 것도 또한 호걸이 해야 할 바를 잃지 않는 것이다."

호뢰가 말했다.

"장형의 말씀은 틀렸습니다! 우리들은 대대로 국은을 받고 천자께서 내려주신 높은 관직과 많은 봉록을 누리고 있는데, 지금 국가에 어려운 일이 많을 때 은혜에 보답하여 군주의 근심을 덜어드릴 생각은 않고 오히려 이렇게 목숨을 탐하는 말을 하시다니. 늘 하는 말에도 '군주의 근심은 신하의 치욕이다'라고 했습니다. 죽음으로써 나라에 보답하는 것이 당연한 이치입니다. 장형께서는 절대로 이 법규를 해치는 말을 하지 마십시오! 내가 내일 기필코 공을 이루겠으니 기다리십시오."

호승은 대답할 말이 없었다. 각자 자기 군영으로 돌아가 쉬었다.

다음날 호뢰는 용맹을 떨치며 관을 나가 서주진영을 향하여 싸움을 걸었다. 정탐병이 중군에 들어와 보고하자 남궁괄이 말을 타고 나갔다. 호뢰가 소리쳤다.

"남궁괄은 죽음을 재촉하지 말라!"

호뢰가 칼을 치켜들고 남궁괄의 정수리를 향하여 내리치자, 남궁괄이 칼로 막아섰다. 두 말이 서로 엉키고 두 칼이 맞붙어 한바탕 난전이 벌어졌다.

한 사람은 군왕을 지키기 위해 남은 목숨을 버리려 하고, 한 사람은 새로운 국토를 개척하기 위해 생명을 던지는데, 생전에 살인의 원한을 맺었으니 둘 중 하나가 패해야 비로소 승리할 수 있을 것이었다.

남궁괄은 호뢰와 이렇게 삼사십 합을 싸운 뒤 거짓으로 허점을 보였다. 순간 호뢰가 힘껏 칼을 뻗쳐 남궁괄의 가슴을 파고들었다. 두 말이 엇갈리는 사이에 남궁괄은 칼을 슬쩍 피하면서 손을 뻗어 호뢰를 낚아챘다.

남궁괄은 자랑스럽게 중군으로 들어가 공을 보고했다. 반면 호뢰는 꼿꼿이 서 있을 뿐 무릎을 꿇지 않았다. 홍금이 말했다.

"이미 사로잡혀 왔는데 어찌하여 항거하느냐?"

호뢰가 크게 욕했다.

"나라를 배반한 역적놈! 네놈은 나라의 대은에 보답할 생각은 않고 도리어 악을 도와 해를 끼치니 진정 개돼지와 같은 놈이로다! 나는 네놈의 고기를 씹어먹지 못하는 것이 한스러울 뿐이다!"

홍금이 대노하여 말했다.

"끌고 나가서 참수한 뒤에 보고하라!"

즉시 호뢰를 군영 밖으로 끌고 가서 순식간에 목을 베

어 효수했다. 홍금이 남궁괄의 공을 치하하면서 막 술을 마시려 할 때 기문관이 보고했다.

"호뢰가 또 와서 싸움을 겁니다."

홍금이 대노하여 명을 내렸다.

"보고관을 참수하라! 어찌하여 보고를 명확히 하지 않았단 말이냐?"

좌우에서 명을 받고 보고관을 묶어서 끌고 나가자 보고관이 소리쳤다.

"억울합니다!"

홍금이 그를 다시 데려오게 하여 그 까닭을 물었다.

"너는 보고를 명확히 하지 않았으므로 참법기율패에 따라 마땅히 참수당해야 하는데 어찌하여 억울하다고 하느냐?"

보고관이 말했다.

"장군, 소인이 어찌 감히 보고를 명확히 하지 않겠나이까? 겉모습은 진정 호뢰였습니다."

남궁괄이 말했다.

"소장이 군영을 나가 살펴보면 곧 진실을 알 수 있을 것입니다."

홍금은 한동안 놀라움을 금치 못했다. 남궁괄이 다시 말을 타고 진영을 나가보니 과연 호뢰였다. 남궁괄이 크게 욕했다.

"요사스런 놈! 어찌 감히 사악한 술수로 나를 미혹하느냐? 도망치지 말라!"

말을 몰고 칼을 휘두르면서 두 장수가 다시 맞붙었다. 호뢰의 실력은 사실 남궁괄만 못했으므로 삼십 합이 못되어 남궁괄은 그를 다시 사로잡을 수 있었다. 남궁괄은 북을 울리며 진영으로 들어와 주장을 뵈었다. 홍금이 크게 기뻐하며 호뢰를 군진 앞으로 끌고 오라 했다.

홍금은 호뢰가 무슨 술법을 썼는지를 몰랐으며 대소 장수들도 의론이 분분하여 그 소란스러움이 후영에까지 전해졌다.

용길공주가 중군의 군막에 들어 그 연유를 물으니, 홍금이 호뢰의 일을 쭉 얘기했다. 공주는 호뢰를 군막 앞으로 끌고 오게 하여 한번 보더니 웃으며 말했다.

"이는 보잘것없는 술수이니 무슨 어려움이 있겠는가!"

공주는 호뢰의 정수리 위에서 머리카락을 헤치게 하고 나서 3촌5푼 길이의 건곤침乾坤針을 뇌 속으로 찔러넣었더니 즉시 목이 잘렸다. 공주가 말했다.

"이것은 바로 변신술에 불과하니 어찌 기이하다고 하리오!"

홍금은 호뢰를 참수하여 대군영 문밖에 매달게 했다.

적진의 정탐병이 관으로 들어가 보고했다.

"총병께 아룁니다. 둘째나으리께서 싸우시다 죽어 군영 밖에 효수되셨나이다."

호승이 깜짝 놀라 말했다.

"동생이 내 말을 듣지 않더니 기어이 화를 당했구나. 성탕의 문무대신들은 천하의 제후를 복종시키기에는 부족하도다."

호승은 중군의 관리에게 명하여 항복문서를 작성케 했다.

"속히 관을 주나라에 바쳐 백성들을 도탄에서 구하도록 하라."

좌우에서 항복문서를 다 작성하여 사람을 보내 전했다. 홍금이 여러 장수들과 술을 마시면서 공을 치하하고 있을 때 문득 보고가 들어왔다.

"가몽관의 사신이 뵙기를 청합니다."

"들여보내라."

사신이 군진 앞에 이르러 문서를 올렸다. 홍금이 펼쳐보니 다음과 같았다.

가몽관 총병 호승은 부장과 여러 장수들과 함께 삼가 항복문서를 갖추어 원수님의 휘하에 바치옵니다. 저희들은 은나라에서 벼슬한 지 오래이나 천자가 무도하게 방탕하고 음탕하여 하늘에 버림받고 백성들을 원수로 삼았기에 황천께서 더 이상 도와주지 않고 특별히 우리 주나라 무왕께 명하시어 하늘의 토벌을 펼치게 하실 줄을 어찌 생각이나 했겠습니까? 병사가 가몽관에 이르렀는데도 저희들은 스스로 덕을 헤아리지 못하고 오히려 대적하여 원수의 위엄에 누를 끼쳤으며 장수와 병사를 잃어 감히 대항할 수 없습니다. 이제 이미 과실을 후회하며 특별히 항복문서를 작성하여 사신을 보내 전하오니, 부디 저의 어리석은 충정을 굽어 살펴 잘못을 고칠 수 있도록 은혜를 베푸심으로써 갱생의 길을 열어주소서. 삼가 아뢰옵니다.

홍금이 다 보고 나서 사신에게 후한 상을 내리며 말했다.

"나는 미처 회답할 시간이 없으니 내일 일찍 관에 들어가 백성들을 안심시키겠노라."

사신이 관으로 돌아가 호승을 뵙고 아뢰었다.

"홍 총병께서 항복문서를 받아들이시며 회답하는 대신에 내일 일찍 관으로 들어오시겠다고 했나이다."

호승이 좌우에 명하여 가몽관 위에 주나라 깃발을 세우게 하고 호구책자를 점검하고 창고의 식량을 모으게 하여 내일 아침에 넘겨줄 것을 기다렸다. 한참 점검하고 있을 때 갑자기 보고가 들어왔다.

"부府 밖에 웬 붉은 옷을 입은 여도사 한분이 총병을 뵙고자 합니다."

호승은 영문을 모른 채 모시라고 명을 내렸다. 잠시 뒤 한 여도사가 중앙으로 들어왔는데 매우 흉악한 모습이었으며 허리에는 수화조水火絛를 매고서 전 앞에 이르러 머리를 조아렸다. 호승이 몸을 굽혀 답례하며 물었다.

"도인께서 예까지 오셨으니 무슨 가르침이라도 있습니까?"

여도사가 말했다.

"나는 구명산九鳴山의 화령성모火靈聖母요. 당신의 동생 호뢰는 나의 제자인데 홍금의 손에 죽었기에 내 특별히 그의 복수를 해주기 위해 하산했소. 당신은 그의 친형인데도 혈육의 정과 군신의 의리를 저버린 채 마음을 돌려먹고 도리어 원수와 함께 서려 하시오?"

호승은 그 말을 듣고 황급히 내려가 절을 하면서 말했다.

"성모님, 제자가 몰라뵙고서 영접하는 데 실례를 범했으니 부디 용서하시기 바랍니다. 제자는 원수를 섬기고자 하는 것이 아니라, 스스로 생각해 보니 병사가 나약하고 장수가 적으며 재주와 학식이 천박하여 이러한 임무를 감당하기에는 부족합니다. 하물며 천하가 분분하여 모두 주나라로 귀순할 생각을 하니, 설령 이 관을 지켜낸다 하더라도 결국에는 타인의 손에 넘어가고 다만 백성들이 밤낮으로 고통 속에서 신음할까 두려워 제자는 부득이 항복한 것입니다. 이는 온 군郡의 생명을 구하고자 한 것일 뿐입니다. 어찌 목숨을 탐하고 죽음을 두려워한 때문이겠습니까?"

화령성모가 말했다.

"그 얘기는 그만하시오. 아무튼 내가 하산한 이상 반드시 이 원수를 갚겠소. 당신은 성가퀴에 도로 성탕의 깃발을 세우시오. 내가 알아서 처리하겠소."

호승은 하는 수 없이 다시 성탕의 깃발을 내걸었다. 홍금은 한창 내일 관에 들어갈 일을 준비하고 있었는데 정탐병이 와서 보고했다.

"가몽관에서 다시 성탕의 깃발을 내걸었습니다."

홍금이 대노했다.

"저 같잖은 놈이 감히 약속을 어기고서 나를 희롱하다니! 내일 저놈을 잡아와 그 시체를 만 조각으로 찢어 이 한을 씻으리라!"

한편 화령성모가 호승에게 물었다.

"관 안에 인마가 얼마나 되오?"

"기병과 보병이 2만쯤 있습니다."

"총령은 그 중에서 3천 명을 뽑아 내게 주시오. 내가 직접 훈련장에서 그들을 훈련시켜 쓸모가 있게 하겠소."

호승이 즉시 3천 명의 용맹스런 병사를 선발했다. 화령성모는 3천 명에게 명하여 모두 대홍포를 입고 맨발에 머리를 풀어헤치게 했다. 또한 등에는 붉은 종이로 된 호롱박을 붙이고 다리에는 모두 '풍화風火'의 부적을 붙이고 한 손에는 칼을 들고 한 손에는 깃발을 들게 하여 훈련장에서 훈련을 시켰다. 병사들은 영문도 모른 채 명에 따라 열심히 땀을 흘렸다.

다음날 홍금은 소전충에게 명하여 싸움을 걸라고 했다. 그러나 호승이 면전패를 걸었으므로 소전충은 하는 수 없이 진영으로 돌아왔다.

"호승이 면전패를 걸었으므로 그냥 돌아왔습니다."

홍금은 분노가 가시지 않았다. 호승이 면전패를 내건 것도 화령성모의 계략이었다. 인마를 조련하는 데 7일쯤이 걸리기 때문이었다.

7일째 되는 날 화령성모가 관 위의 면전패를 치우라고 명하자 한 발 포성이 울리면서 관 안에서 일제히 군마가 뛰쳐나왔다. 화령성모는 금안타金眼駝를 타고 훈련을 마친 화룡병火龍兵들과 함께 뒤에 숨어 있으면서, 먼저 호승에게 앞으로 나가 싸움을 걸라고 했다.

호승이 명을 받고 필마로 앞장서서 군진 앞에 이르러 홍금에게 나와서 응답하라고 요구했다.

정탐병이 들어와 보고했다.

"관 위에서 호승이 싸움을 청합니다."

홍금이 보고를 듣자마자 장수들을 대동하고서 훌쩍 말에 올랐다. 진영을 나선 홍금은 호승을 보자마자 욕지거리를 해댔다.

"변절자 같으니! 변덕을 밥 먹듯이 하니 진정 개돼지보다도 못한 놈이로다. 감히 나를 희롱하다니!"

말을 몰아 칼을 휘두르며 곧장 달려들었다. 호승이 미처 응수하기도 전에 화령성모가 금안타를 몰아 두 자루의 태아검太阿劍을 휘두르면서 소리쳤다.

"홍금은 도망치지 말라! 내가 간다!"

홍금이 자세히 보니 한 여도사가 인마를 이끌고 오는데 마치 한 덩어리의 화광火光이 굴러오는 듯했다.

홍금이 물었다.

"거기 오는 자는 뉘시오?"

"내가 바로 구명산의 화령성모다. 네가 감히 나의 제자인 호뢰를 죽였다지? 내가 지금 원수를 갚으러 특별히 왔노라. 너는 속히 말에서 내려 죽음을 받아라. 그렇지 않고서 나의 화를 돋우면 10만의 군사까지 모조리 죽여 한 사람도 살아남지 못할 것이니라."

말을 마치고는 태아검을 날리며 곧장 달려들었다. 홍금은 대간도大桿刀를 뽑아들고 신속히 막았다. 몇 합 싸우지 않고서 홍금이 바야흐로 기문둔갑으로 화령성모를 주살하려 했다.

그런데 화령성모가 머리에 금하관金霞冠을 쓰고 있다는 사실을 미처 몰랐다. 금하관 위에는 담황색의 보자기 하나가 덮여 있었는데, 화령성모가 보자기를 열자 열대여섯 장丈이나 되는 금광金光이 나타나 화령성모를 완전히 감쌌다.

그녀는 홍금을 볼 수 있었으나 홍금은 그녀를 볼 수 없었으므로, 화령성모는 홍금을 향해 검을 내리쳤다. 홍금은 미처 피하지 못하여 쇄자연환갑鎖子連環甲이 베이고 말았다. 홍금은 부상을 당한 채로 도망쳤다. 화령성모는 3천 명의 화룡병을 불러모아 살기등등하게 홍금의 대영으로 진격했다.

맹렬한 화염이 허공 가득 타오르고 눈부신 위풍이 온 땅을 붉게 만들었다. 흡사 불바퀴가 위아래로 나는 듯하고 마치 불새가 동서로 춤추는 듯했다.

사실 화령성모가 사용한 풍화의 부적은 오행에 부합하는 것이었다. 오행이 변화하여 화전火煎을 생성함에, 목木에 해당하는 간肝에서 심화心火가 발생하여 타오르고, 심화는 토土에 해당하는 비장脾腸을 평안히 한다. 또 토에 해당하는 비장은 금金을 생성하고, 금은 다시 수水로 변화한다. 수는 다시 목을 생성하여 신비함을 다하니, 생성 변화가 모두 화에서 기인한다. 불꽃이 허공에 길게 뻗어 만물이 번성하는 것이었다.

홍금은 부상당한 채로 본영으로 도망쳐 왔는데, 뜻밖에 화령성모가 3천 명의 화룡병을 이끌고 살기충천하게 진영으로 진격하니 그 기세를 당해낼 수가 없었다. 불과 7일 만에 오합지졸을 저토록 용맹스러운 군대로 만들어놓다니 실로 기가 막힌 용병술이었다. 삼군은 괴로움에 울부짖으면서 서로를 밟고 넘어갔으니 죽고 다친 자는 그 수를 헤아릴 수 없었다.

용길공주는 후영에 있다가 삼군의 함성을 듣고 급히 말에 올라 검을 꼬나들고 중군으로 달려나갔다. 바라보니 홍금이 말안장에 엎드린 채로 도망치고 있었다. 홍금은 미처 용길공주에게 금광金光에 대한 이야기를 해주지 못했다.

용길공주는 화염의 기세가 충천하고 매서운 연기가

솟구치는 것을 보고서 주문을 외워 불길을 막으려 했다. 그런데 바로 그때 한 덩어리의 금광이 쏜살같이 그녀의 앞으로 들이닥쳤다. 공주가 어찌할 바를 모르고 황급히 살펴보려고 할 때 이미 화령성모가 검을 들어 공주를 향해 내리쳤다.

廣成子三謁碧遊宮

광성자가 벽유궁을 세 번 찾아가다

용길공주는 화령성모의 검에 가슴을 찔려 비명을 지르면서 말머리를 돌려 서북쪽으로 도망했다. 성모는 육칠십 리를 추격한 뒤에 돌아갔다. 이 싸움에서 홍금은 병사 1만여 명을 잃었다. 호승이 크게 기뻐하며 화령성모를 영접하여 관으로 들어왔다.

용길공주는 원래 선궁仙宮의 신선이었지만 지금은 속진에 떨어져 이 일검一劍의 액을 면하지 못한 것이다. 홍금과 용길공주 부부가 모두 부상을 입고 도망하여 육칠십 리에 이르러서야 비로소 패잔병들을 불러모아 영채를 세우는 한편 황급히 단약을 꺼내 상처에 발랐다. 또한 급히 문서를 작성하여 구원병을 요청했다.

사령이 하루도 못되어 자아의 대본영에 당도했다. 자아가 앉아 쉬고 있을 때 문득 보고가 들어왔다.

"홍금이 보낸 문서관이 대군영 밖에서 명령을 기다립니다."

"들라 하라."

사령이 진영으로 들어와 머리를 조아리며 문서를 올렸다. 자아가 펼쳐보니 다음과 같았다.

명을 받들어 동으로 가몽관을 정벌나선 부장副將 홍금이 돈수백배하며 삼가 대원수 휘하에 서찰을 올립니다. 소장은 보잘것없는 재주로 외람되이 중임을 맡았는지라 밤낮으로 두려워하며 혹시라도 임무를 감당하지 못하여 원수의 명덕明德에 해가 될까 걱정했습니다. 병사를 나누어 관을 공격한 날로부터 누차 전승을 거두었으며, 명을 거역한 수관부장守關副將 호뢰胡雷를 사로잡았는데 그가 요술을 함부로 부리기에 소장의 처가 술법으로 그를 참수했습니다. 그런데 난데없이 그의 사부인 화령성모가 원수를 갚겠다고 나타나 도술을 부립니다. 소장은 처음 싸울 때 그 도술의 깊이를 알지 못하여 그녀의 화룡병火龍兵에 잘못 걸려들었는데 그 기세를 감당하지 못하고서 대패했습니다. 원수님께 청하오니 속히 구원병을 보내 위급함을 구해 주십시오. 늦춰서는 안될 일입니다. 삼가 이 글을 올리오며 진정으로 학수고대합니다!

자아가 읽더니 크게 놀라 말했다.
"이 일은 내가 직접 가지 않으면 안되겠다."
마침내 이정李靖에게 분부했다.
"잠시 대본영의 사무를 맡으시오. 내가 직접 다녀와야겠소. 장군은 나의 법규를 어기지 말 것이며, 또한 사수관과 싸움을 해서도 안되오. 영채를 단단히 지키고 경거망동으로 군위를 손상시키는 일이 없도록 하시오. 어기는 자는 군법에 따라 처벌할 것이오. 내가 돌아온 뒤에 다시 이 관을 공격하겠소."
이정이 명을 받들었다.

자아는 위호와 나타를 대동하고 3천 명의 인마를 선발하여 사수관을 떠났는데, 가는 길 가득 전장의 먼지가 피어오르고 살기가 등등했다. 하루도 못되어 가몽관에 도착하여 진영을 설치했으나 홍금의 행영은 보이지 않았다. 자아는 군막에 올랐다.

홍금은 자아의 군대가 당도했다는 소식을 듣고 부부가 함께 행영을 이동하여 대군영 밖에 이르러 명을 기다렸다. 자아가 홍금을 중군으로 들어오게 하자, 홍금부부가 군막으로 들어와 죄를 청하면서 실기하여 패한 일을 갖추어 말했다. 자아가 엄중하게 문책했다.

"대장의 신분으로 명을 받고 원정을 나갔으면, 모름지기 기회를 살펴 행동해야지 어찌하여 조급하게 공격하여 한바탕 대패를 당했소이까!"

홍금이 아뢰었다.

"처음에는 모두 승리를 거두었으나 뜻밖에 화령성모라고 하는 여도사 한 명이 와서 한 덩어리의 금하金霞로 사방 둥글게 10여 장이나 되는 길이로 자신을 감쌌습니다. 그랬더니 소장은 그녀를 볼 수 없었으나 그녀는 소장을 볼 수 있었던 모양입니다. 또한 3천 명의 화룡병이 마치 하나의 화염산처럼 떼를 지어 몰려왔는데 그 기세는 당해낼 수가 없었습니다. 그래서 병사들이 그것을 보자마자 도망쳤기 때문에 이렇게 패하고 말았습니다."

자아가 들어보니 나무랄 일만도 아닌 듯했고, 마음속으로 깊은 의혹에 일었다.

'이것은 또한 좌도의 술수로다. 천명을 받드는 데 이토록 난관이 많을 줄이야!'

이렇게 생각하면서 자아는 적을 물리칠 계획을 곰곰이 헤아렸다.

한편 화령성모는 관내에서 매일 홍금이 공격해 오는지를 살폈으나 그들은 보이지 않았다. 그런데 바로 그날 정탐병이 성으로 들어와 보고했다.

"자아가 직접 병력을 이끌고 이곳에 당도했나이다."

화령성모가 말했다.

"오늘 강상이 스스로 왔으니 내가 하산한 것이 헛되지는 않았군. 내 필히 직접 그를 만나 기꺼이 상대하리라."

급히 금안타에 올라 몰래 화룡병을 데리고 관을 나갔다. 자아의 군영 앞에 이르러 이름을 부르면서 나오라 했다. 정탐병이 득달같이 중군에 이르러 보고했다.

"원수께 아룁니다. 화령성모가 원수님의 함자를 부르면서 나오시라고 청합니다."

자아가 즉시 여러 장수를 대동하고 포를 울리면서 진영을 나갔다.

화령성모가 소리쳤다.

"거기 오는 자가 자아인가?"

"도우, 그렇소이다. 도우, 당신은 이미 도문에 몸담고 있으니 천명을 알 것이오. 지금 천자의 악이 가득 찼는지라 천인이 공노하여 천하의 제후들이 맹진에서 대회합을 하고 있는데, 당신은 어찌하여 천자를 도와 포악한 짓을 하고 하늘을 거역하는 일을 행한단 말이오! 하물며 나는 개인의 사사로움에서가 아니라 옥허의 부명符命을 받들어 삼가 하늘의 벌을 대행하고 있는데, 도우는 또한 어찌하여 하늘을 거역하면서 억지를 부리는 것이오? 일찌감치 나의 말에 따라 무기를 버리고 항복함이 좋을 것이오. 그리하면 나 또한 생령을 사랑하시는 상천의 인자하심을 깨달았으므로 결코 백성들을 해치지는 않겠소."

화령성모가 웃으며 말했다.

"그대는 혹세무민하는 말로 백성들을 우매함에 빠뜨리고 있도다. 보아하니 그대는 일개 늙은 낚시꾼에 불과한 주제에 공리를 탐하고 어리석은 백성을 농락하여 자기의 공을 세우려 하는 것 같은데, 어찌 감히 하늘과 인심에 순응하는 거사를 입에 담을 수 있는가? 또한 그대는 많은 도행을 쌓았다고 하니 어디 한번 그 능력을 보여보라!"

자아가 모욕적인 말에도 별로 동요하는 빛을 보이지 않자, 화령성모는 제풀에 화가 나서 금안타를 몰아 검을 치켜들고 달려들었다. 자아는 손에 든 검으로 급히 막았다. 왼쪽에 있던 나타가 풍화륜에 올라 화첨창을 휘두르면서 가슴을 향하여 찔렀으며, 위호는 항마저를 들고 몸을 솟구쳐 올랐다.

이렇게 세 사람이 화령성모와 싸움을 벌였다. 화령

성모가 어떻게 세 사람과의 험악한 싸움을 견뎌낼 수 있겠는가! 나타와 위호가 창과 젓대로 협공하자 성모가 몸을 돌려 도망가면서 검으로 담황색의 보자기를 열어젖혔더니 금하관金霞冠에서 10여 장쯤 되는 금광金光이 발산되었다.

자아가 화령성모를 볼 수 없게 되자 화령성모는 검을 들어 자아의 앞가슴을 내리쳤다. 자아는 이것을 막아낼 갑옷이 없었으므로 결국 살을 베었고 옷에는 피가 흠뻑 배어올랐다. 자아는 서둘러 사불상을 돌려 서쪽으로 도주했다.

화령성모가 소리쳤다.

"자아! 이번에는 이 액을 피하기 어려우리라."

3천의 화룡병이 일제히 불속에서 함성을 질렀다. 대군영 밖에서 번갯불이 난무하고 포위망에 걸려든 병졸들은 모두 죽임을 당했다. 화염은 은하수까지 뻗치고 시뻘건 불길이 깃발을 모조리 태워버렸다. 부장은 주장을 돌볼 겨를도 없었다. 칼에 베인 시체가 땅에 그득하고 사람을 태우는 역겨운 냄새는 천지간에 이보다 심할 수가 없었다.

화령성모의 추격은 급박하기 이를 데 없었다. 자아는 끝내 몸을 숨길 데조차 없는 막다른 지경에 이르렀다. 그 형세가 앞서 도망가는 자는 매서운 궁쇠가 활시위를 떠난 듯했고 뒤에서 추격하는 자는 나는 구름이 번개를 가르는 듯했다.

자아는 나이도 많은데다가 부상까지 당했으므로 금안타를 몰아 바싹 쫓아오는 화령성모를 도저히 떨쳐버릴 수가 없었다.

자아가 급박한 상황에 처해 있을 때, 화령성모가 다시 혼원추混元鎚를 꺼내 자아의 등을 내리쳤다. 화령성모의 혼원추가 등짝을 휘갈겼으므로 자아는 끝내 곤두박질하여 사불상에서 떨어지고 말았다. 화령성모가 금안타에서 내려 즉시 자아의 수급을 베었다. 그때 어떤 사람이 노래를 부르면서 다가왔다.

한 오솔길 송죽 울타리로 사립문을 하고,
두 쪽 안개노을로 창문을 했네.
세 권의 『황정경』을 읽고,
사계절의 꽃이 만발하는 곳.
새로운 시구를 손가는 대로 쓰고,
연단 화로를 스스로 부여잡네.
마름잎 떠 있는 물가에서 낚싯줄 드리우고,
산 계곡을 한가로이 걷네.
부들방석에 앉아,

용과 호랑이의 이동을 살피네.
공력을 쌓아,
속진을 쓸면서 세상길에서 멀리 벗어나고
미친 듯 소리 지르며,
흐르는 세월 속에서 자유롭게 소요하네.

그는 바로 광성자였다. 화령성모가 광성자를 알아보고 소리쳤다.

"광성자! 그대는 참견하지 말라!"

광성자가 말했다.

"나는 옥허의 부명을 받들고 여기에서 너를 기다린 지 오래다!"

화령성모가 대노하여 검을 들고 달려들었다. 한 사람은 걸음을 가볍게 옮기고 다른 사람은 삼신발을 급히 옮겼다. 검과 검이 맞부딪치자 등골에서 천 방울의 식은땀이 흘렀다.

화령성모가 금하관에서 금광을 쏘았으나 그녀는 광성자가 소하의掃霞衣를 입고 있다는 사실을 몰랐다. 금하관의 금광을 아무리 쏘아도 소용이 없었다. 화령성모가 대노하여 말했다.

"감히 나의 법보를 격파하다니. 가만두지 않겠노라!"

거칠게 숨을 몰아쉬면서 검을 들고 공격하자 살벌한 화염이 솟구쳐 올랐다. 그녀는 다시 광성자와 맞붙었다. 광성자는 이미 살계殺戒를 범한 신선이었으니 이제 더 이상 무엇을 염두에 두겠는가? 급히 번천인番天印을 들어 공중에 던졌다. 화령성모는 피할 겨를도 없이 그만 정통으로 정수리에 맞아 가련하게도 뇌수가 터져나왔다. 이로써 또 한 영혼이 봉신대로 갔다.

광성자는 번천인을 챙긴 뒤 화령성모의 금하관도 거뒀다. 그리고서 쏜살같이 개울로 가서 물을 뜨고 호로병 속의 단약을 꺼냈다. 그런 뒤 자아를 부축해 일으키고 잘린 머리를 맞춘 뒤 무릎 위에 놓고는 단약을 자아의 입 속에 흘려넣었다. 한 시간쯤 지나서 자아가 두 눈을 번쩍 뜨더니 광성자를 보고 말했다.

"제가 이렇게 눈을 뜬 것이 꿈인가 합니다. 도형께서 구해 주지 않으셨다면 저는 틀림없이 다시 살아나지 못했을 겁니다."

광성자가 말했다.

"나는 사부의 명을 받들고 여기에서 기다린 지 오래 되었소. 원수는 필히 이 액을 당하게 되어 있었소."

광성자는 자아를 부축해 사불상에 태워주고 말했다.

"자아는 앞길에 부디 몸조심하시오!"

자아가 광성자에게 깊이 감사했다.

"도형께서 나의 남은 목숨을 구해 주셨으니 그 은혜를 가슴에 새겨 잊지 않겠습니다!"

광성자가 말했다.

"나는 이제 벽유궁으로 가서 금하관을 바쳐야겠소."

자아는 광성자와 이별하고 가몽관을 향해 길을 돌렸다. 한참 가고 있을 때 갑자기 일진광풍이 들이쳐 나무가 뽑히고 강과 바다가 뒤집혔다.

자아가 중얼거렸다.

"괴이한지고! 이 바람은 마치 호랑이가 오는 것과 같구나."

말을 마치기도 전에 과연 신공표申公豹가 호랑이를 타고 왔다. 자아가 먼저 보고 생각했다.

'이 좁은 길에서 저 악한을 만났으니 어쩐다? 좋다. 내가 먼저 피해버리면 그만이지.'

자아가 사불상을 몰아 무성한 숲속으로 숨으려 했으나 뜻밖에 신공표가 소리쳤다.

"자아! 숨을 필요 없네. 내가 이미 너를 보았느니!"

자아가 정신을 가다듬고 앞으로 나아가 머리를 조아리며 말했다.

"현제는 어디에서 오는 길이신가?"

신공표가 거만하게 웃으며 말했다.

"그대를 만나러 특별히 왔네. 자아, 오늘도 돌아가서 남극선옹을 불러와 보시지! 그러나 오늘은 홀몸으로 나를 만났으니 아무래도 내 손에서 벗어날 수 없으리라!"

"현제, 나와 그대는 원수진 일이 없는데 무슨 일로 이렇게 나를 괴롭히는가?"

"그대는 곤륜에 있을 때 남극선옹의 기세를 믿고 안하무인으로 굴던 것을 기억하지 못하느냐? 그때 그대를 불렀으나 거들떠보지도 않았고, 나중에는 또 남극선옹과 함께 나를 모욕했으며, 다시 백학동자에게 나의 머리를 물어가게 하여 나를 해치려 했도다. 엄연히 이렇게 맺힌 원한이 있는데도 어찌하여 없다 하는가! 그대가 지금 금대에서 장수로 임명받고서 죄인을 벌하고 백성을 위로한답시고 정벌에 나섰지만, 그대는 5관에 들어가기도 전에 먼저 여기에서 죽게 되었도다!"

신공표가 보검을 치켜들고 공격하자 자아가 손에 든 검으로 막으면서 말했다.

"현제, 그대는 진정으로 야박한 사람이네. 나와 그대는 한 스승의 문하로서 40년이나 되었는데도 어찌 한 점의 정조차 없단 말인가! 내가 곤륜에 올라갔을 때 그대가 환술로 나를 우롱했는데, 그때 남극선옹께서 백학동자를 시켜 그대를 곤궁에 빠뜨렸네. 그러나 나는 재삼 그대를 풀어달라고 했는데도 그대는 지금 도리어 은혜에 보답할 생각은 하지 않고 원수로 여기고 있으니, 그대는 정녕 정리도 도의도 없는 사람이네."

신공표가 대노했다.

"너희 두 사람이 상의하여 나를 해치고서는 이제 와서 다시 교묘한 말로 용서해 주기를 바라느냐?"

말을 마치기도 전에 다시 검을 휘두르자 자아가 마침내 크게 화를 냈다.

"신공표! 내가 그대를 피하려 한 것은 그대가 두려워서가 아니라 나 자아가 인의롭지 못하여 그대와 똑같다고 후인들이 손가락질할까 그것이 걱정되어서였느니라. 그대는 어찌하여 이리도 심하게 나를 기망하느냐!"

검을 치켜들고 신공표와 맞붙었다. 그러나 자아는 상처가 이제 겨우 치유된 처지였으니 어떻게 신공표를 대적할 수 있었겠는가? 자아는 앞가슴이 땅기고 등의 통증이 심하여 할 수 없이 사불상을 돌려 동쪽으로 도망갔다. 신공표의 호랑이는 풍운을 타고서 바싹 자아를 추격했다.

자아는 바로 '이제 막 하늘그물의 곤경에서 벗어났더니 다시 원수의 물그물에 걸려들었네'라는 상황이었다.

신공표는 자아를 추격하면서 개천주開天珠 한 알을 던

져 자아의 등짝에 명중시켰다. 자아는 더 이상 사불상에 앉아 있지 못하고 굴러떨어졌다.

신공표가 막 호랑이에서 내려 자아를 해치려 했는데, 산비탈 아래에 협룡산 비룡동 구류손懼留孫 도인이 앉아 있는 것을 미처 보지 못했다. 구류손도 옥허의 명을 받들고 여기에서 신공표를 기다리고 있었던 것이다.

구류손이 소리쳤다.

"신공표는 무례하기 짝이 없구나. 내가 여기 있다, 내가 여기 있어!"

연이어 소리쳤다. 신공표는 고개를 돌려 구류손을 보더니 깜짝 놀랐다. 그는 구류손의 대단함을 알고 있었으므로 속으로 뇌까렸다.

'이런, 제기랄!'

몸을 빼내 호랑이를 타고 도망하려 하자 구류손이 크게 웃으며 말했다.

"도망치지 말라!"

구류손은 급히 곤선승綑仙繩 포승줄을 던져 신공표를 꽁꽁 묶었다. 그런 다음 황건역사에게 분부했다.

"이놈을 기린애麒麟崖로 끌고 가서 나의 지시를 기다리거라."

황건역사가 법지를 받고 물러갔다.

구류손은 산을 내려가 자아를 부축하여 솔숲바위에 기대어 잠시 앉아 있게 했다. 그리고서 단약을 꺼내 자아에게 먹였더니 금세 공력이 예전처럼 회복되었다.

자아가 말했다.

"저를 구해 주신 도형의 은혜에 깊이 감사드립니다. 상처가 아직 낫지 않았는데 다시 개천주에 얻어맞고 말았습니다. 이 또한 내가 겪어야 할 칠사삼재七死三災의 액인가 봅니다."

자아는 구류손과 작별하고 사불상에 올라 가몽관으로 돌아갔다.

한편 구류손이 종지금광법縱地金光法으로 옥허궁에 당도하여 기린애에 이르렀더니 황건역사가 그를 기다리고 있었다. 구류손이 궁문 앞에 이르렀더니 잠시 뒤에 한 쌍의 깃발과 화로가 나오면서 두 줄의 우선羽扇이 갈라섰다. 원시천존이 옥허궁을 나오는 것이었다.

구류손은 길옆에 엎드린 채로 사존께 아뢰었다.

"사존님, 만수무강하소서!"

"오냐! 너희들도 운무를 걷어젖혀라. 본원本元으로 돌아갈 날이 머지않았느니라."

"사부의 법지를 받들고서 신공표를 기린애로 잡아왔

으니 하교하소서."

원시천존이 듣고 기린애로 갔더니 신공표가 거기에 잡혀와 있었다.

원시천존이 말했다.

"업장業障 같은 놈! 강상이 너와 무슨 원수지간이라고 삼산오악의 사람들을 불러모아 서기를 정벌하려 했느냐? 지금 천수天數가 모두 완성되었는데도 네놈이 중도에서 그를 해치려 했으니, 만약에 내가 미리 계획을 세우지 않았더라면 네놈이 자아를 살해할 뻔했도다. 지금 봉신封神의 일체 임무를 그가 나를 대신하여 처리하고 있으니 주나라를 돕는 것이 마땅하도다. 그런데 너는 지금 그를 해쳐 주나라 무왕이 전진할 수 없게 했도다."

이어서 황건역사에게 명했다.

"기린애를 들어서 이 업장을 그 사이에 눌러놓았다가 강상이 봉신을 끝마치면 그때 가서 놓아주어라!"

신공표가 '봉신방' 위의 365명의 정신正神을 거두어 모아야 한다는 것을 원시천존이 어찌 몰랐겠는가? 그래서 일부러 이러한 형벌로 그를 억눌러서 다시는 말썽을 일으키지 못하게 한 것이었다.

황건역사가 신공표를 끌고 가서 기린애 아래에 눌러놓자 신공표가 소리쳤다.

"억울합니다!"

원시천존이 말했다.

"너는 분명히 강상을 해치려고 했는데 무엇이 억울하단 말이냐? 그럼 좋다. 내가 지금 너를 눌러놓았다고 해서 내가 강상을 편애한다고 하는 모양인데, 네가 만일 다시 강상을 막는다면 어찌하겠다는 맹세를 하면 풀어주겠노라."

신공표는 다급한 바람에 자기도 모르게 입에서 나오는 대로 맹세를 했다.

"제자가 만일 다시 선인들을 모아 강상을 저지한다면 이 몸을 북해 속에 처넣겠습니다!"

원시천존이 말했다.

"좋다. 그럼 풀어주어라."

마침내 신공표가 이 액에서 풀려나 고개를 설레설레 저으며 떠나갔다. 구류손도 절을 올리고 떠났다.

한편 광성자는 화령성모를 죽인 다음 곧장 벽유궁으로 갔는데, 그곳은 바로 절교截敎의 교주가 머무는 곳이었다. 광성자가 궁 앞에 당도했다.

광성자는 밖에서 한참 동안 서 있었다. 안에서는 '도덕옥문道德玉文'을 강론하고 있었다. 잠시 뒤 한 동자가 나오자 광성자가 말했다.

"동자, 번거롭겠지만 통보 좀 해주오. 궁 밖에서 광성자가 교주님을 뵙자 한다고."

동자가 궁에 들어가 구룡침향련九龍沈香輦 아래에 이르러 아뢰었다.

"교주님께 아룁니다. 광성자가 궁 밖에 와 있는데 감히 함부로 들어오지 못하고서 법지의 결정을 청하고 있습니다."

통천교주通天敎主가 말했다.

"그를 들여보내라."

광성자가 안으로 들어와 몸을 엎드린 채 절을 올렸다.

"제자는 사숙께서 만수무강하시기를 비옵니다!"

"광성자, 그대는 오늘 여기까지 와서 무슨 일로 나를 보자는 것인가?"

광성자가 금하관을 바치면서 말했다.

"제자, 사숙께 아룁니다. 지금 강상이 동정에 나서서 병사가 가몽관에 이르렀습니다. 이것은 주나라 무왕이 천심과 인심에 순응하여 백성을 위로하고 죄인을 벌하려는 것입니다. 천자의 악이 가득 찼으므로 멸하는 것이 당연한 이치입니다. 그런데 뜻밖에 사숙님 교하의 문인인 화령성모가 이 금하관을 믿고 대병을 가로막고서 무고한 목숨을 함부로 살생하고 병졸들을 태워죽였습니다. 처음 싸움에서는 홍금과 용길공주가 부상당하고, 두번째 싸움에서는 강상이 부상당하여 거의 목숨을 잃을 뻔 했습니다. 그래서 제자는 저희 사존의 명을 받들고서 하산하여 그에게 재삼 권고했으나, 그는 법보를 믿고 흉악함을 행하여 제자를 해치려 했습니다. 제자는 부득이 번천인을 사용하여 그의 정수리를 맞춰 절명케 했습니다. 이에 제자는 금하관을 바치러 특별히 벽유궁에 온 것이오니 사숙의 법지를 청합니다."

통천교주가 말했다.

"우리 삼교가 함께 봉신을 상의했는데, 그 안에는 충신의사로서 방에 오른 자도 있고, 선도仙道는 이루지 못했으나 신도神道는 이룬 자도 있도다. 그런데 각자 천심후薄深厚薄이 다르고 피차 연분이 달라서 신에는 존비가 있고 죽음에는 선후가 있도다. 나의 교하에도 많은 사람이 있노라. 이것은 모두 천수로서 보통일이 아니며, 또한 봉신되는 것은 죽고 나서야 비로소 알 수 있는 일이로다. 광성자 그대는 강상에게 말하라. 만일 나의 교하 문인 중에서 그를 막는 자가 있으면 그가 가지고 있는 타신편打神鞭으로 마음대로 해쳐도 된다고. 그들이 만일에 교훈을 따르지 않고서 해를 당한다면 그것은 스스로 자초한 화이며 강상과는 상관없는 일이니라. 광성자는 돌아가거라!"

광성자가 떠나려는데, 여러 대제자들이 옆에서 '나의 교하제자 중에서 교훈을 따르지 않는 자는 마음대로 해쳐도 된다'는 교주 사존의 분부를 듣고서 모두들 마음속으로 몹시 불쾌하여 궁 밖에서 그를 기다리고 있었다. 옆에서 가장 분노한 금령성모金靈聖母와 무당성모無當聖母가 여러 사람들에게 말했다.

"화령성모는 다보도인多寶道人의 문하인데 광성자가 그를 죽였으니 이것은 바로 우리를 해친 것과 같은 것이오. 그런데도 그는 뻔뻔스럽게 금하관을 바치러 왔으니 명백히 우리 교단을 멸시하는 것이오! 그러나 우리 사존께서는 그 일을 자세히 살피시지도 않고 도리어 마음대로 해쳐도 된다고 하시니, 이는 바로 우리들 중에 인물이 없다고 무시하신 처사임이 틀림없소!"

말이 끝나기가 무섭게 화가 잔뜩 난 귀령성모龜靈聖母가 소리쳤다.

"어찌 이럴 수가! 그가 화령성모를 죽이고서도 뻔뻔스럽게 금하관을 바치러 오다니! 내가 가서 광성자를 잡아와 우리의 한을 씻을 것이니 기다리시오!"

귀령성모가 검을 들고 달려나가면서 소리쳤다.

"광성자는 도망가지 마라, 내가 왔다!"

광성자가 멈춰서서 보니 달려오는 기세가 심상치 않았다. 그러나 만면 가득히 웃음을 띠고 맞이하며 물었다.

"도형께서는 무슨 분부하실 말씀이라도 있습니까?"

귀령성모가 말했다.

"너는 우리 교하의 문인을 죽여 놓고도 이곳에 와서 기백을 자랑하니, 이는 분명히 우리 교를 멸시하고 너희들의 강함을 드러내고자 하는 것으로 그 저의가 심히 가증스럽도다. 도망가지 말라, 내가 화령성모의 원수를 갚아주마!"

검을 들고 공격하자 광성자가 손에 든 검으로 막으면서 말했다.

"도우는 잘못 안 것이오. 당신의 사존께서 함께 '봉신방'을 세우셨는데 어찌 우리가 그분을 기만했겠소? 그것은 그가 자초한 일이오. 또한 천수가 엄연히 존재하니 나에게 무슨 허물이 있단 말이오? 그를 위해 원수를 갚겠다고 하는 것은 진정 사정을 모르는 말이오!"

귀령성모가 대노하며 말했다.

"그래도 감히 교묘한 말로 나를 능멸하다니!"

다짜고짜 다시 검으로 공격하자 광성자가 정색하며 말했다.

"내가 예의로써 그대에게 권고했는데도 그대는 이와 같으니, 그래 내가 그대를 두려워해서 가만히 있는 줄 아시오? 비록 나의 사형이라 하더라도 단지 두어 번밖에 양보하지 않거늘!"

귀령성모가 또다시 검으로 공격하자 광성자가 대노하여 얼굴이 시뻘게지면서 보검을 들고 막았다. 두 사람이 몇 합 싸우지 않았을 때 광성자가 번천인을 휘둘렀다. 귀령성모는 번천인이 내려오는 것을 보자 막을 수가 없었으므로 급히 본래 모습을 드러내었다. 바로 커다란 검은 거북이었다.

옛날 창힐蒼頡이 문자를 만들었을 때 거북무늬와 새 깃털의 형상이 있었는데 바로 그때 득도한 것으로, 수도하여 사람의 형상을 이루었지만 원래는 검은 암거북이였다. 그래서 그를 '성모聖母'라고 부르는 것이었다.

그때 금령성모와 다보도인은 귀령성모가 본래 모습을 드러내는 것을 보고 각자의 얼굴에 매우 부끄러운 기색을 띠면서 심히 후회했다. 다만 규수선虯首仙·오운선烏雲仙·금광선金光仙·금아선金牙仙이 소리쳤다.

"광성자, 네가 우리 교를 능멸함이 이리도 심하다니!"

여러 명이 분노하여 일제히 검을 빼들고 달려들었다. 광성자가 속으로 생각했다.

'내가 저들 속에 있으면 몸이 위태롭겠다. 예로부터 '실오라기 하나로는 끈을 엮을 수 없다' 했으니 자칫하면 봉변을 당하겠다.'

광성자는 그들이 겹겹이 에워싸는 것을 보고서 다시 생각했다.

'차라리 벽유궁으로 되돌아가 그들의 사존을 뵙고 해결해 달라고 하는 것이 낫겠다.'

이에 통보하는 것도 기다리지 않고 곧장 법대法臺 아래로 갔더니 통천교주가 말했다.

"광성자, 그대는 무슨 말을 하려고 또 왔는가?"

광성자가 무릎을 꿇고서 아뢰었다.

"사숙의 분부대로 제자가 명을 받들고 산을 내려가고 있었는데, 난데없이 사숙의 문인인 귀령성모가 다른 문인들과 함께 화령성모의 원수를 갚겠다고 쫓아왔습니다. 제자는 달리 피할 곳이 없어 특별히 와서 사숙의 존안을 뵙고 해결해 주시기를 청하는 바입니다!"

통천교주가 수화동자水火童子에게 명했다.

"귀령성모를 불러오너라!"

잠시 뒤 귀령성모가 법대 아래에 이르러 예를 행한 뒤에 아뢰었다.

"제자 대령했나이다."

"너는 어찌하여 광성자를 뒤쫓았느냐?"

"광성자가 우리 교하의 문인을 죽여놓고도 도리어 궁에 와서 금하관을 바친 것은 분명히 우리 교를 멸시하는 행위입니다."

"나는 교단을 주관하고 있는 교주인데 그래 너희들만도 못하단 말이냐? 이는 네가 나의 가르침을 지키지 않고 화를 자초하는 일이로다. 대저 이 모든 것이 천명인데 내가 어찌 모르겠느냐? 광성자가 금하관을 바치러 온 것은 감히 함부로 나의 보물을 쓰지 않고자 한 것이니 바로 나의 법지를 존중한 일이로다. 그런데도 너희들은 짐승 같은 마음을 먹고 나의 계율을 지키지 않으니 심히 가증스럽도다! 귀령성모를 궁 밖으로 내쫓아 다시는 궁에 들어와 강론을 듣지 못하게 하라!"

마침내 귀령성모를 내쫓았다. 양쪽에서 여러 제자들이 화를 내면서 몰래 원망의 말을 했다.

"지금 광성자를 위하여 도리어 자신의 문하제자를 모욕하시니 사존께서는 어찌하여 이리도 편파적이신가?"

모두들 분노하면서 문을 나갔다. 다시 통천교주가 광성자에게 분부했다.

"그대는 빨리 돌아가라!"

광성자가 통천교주에게 감사의 절을 올리고 나서 막

벽유궁을 나섰는데 뒤에서 한 무리의 절교문인이 쫓아오면서 소리쳤다.

"광성자를 붙잡아 우리의 한을 씻도록 합시다!"

광성자가 듣더니 황망해 하면서 뇌까렸다.

'이번에는 좋지 못하군! 곧장 앞으로 가려 해도 어렵고 저들과 대적하려 해도 중과부적이니, 다시 벽유궁으로 들어가야만 이 액을 면할 수 있겠구나!'

하지만 광성자는 이번에는 오지 말았어야 하는 것이었다. 이것이 바로 '삼알벽유궁三謁碧遊宮' 즉, '벽유궁을 세 번 찾아가다'는 말에 들어맞는 것이기 때문이었다.

광성자는 몹시 당황해서 벽유궁의 법대 아래로 곧장 뛰어들어 통천교주를 뵈었다.

青龍關飛虎折兵

청룡관에서 황비호의 군대가 저지당하다

광성자가 세번째로 벽유궁에 들어가 다시 통천교주를 뵙고 두 무릎을 꿇자 교주가 물었다.

"광성자, 그대는 어찌하여 또 나의 궁에 들어왔는가? 예법도 모르느냐, 함부로 행동하다니!"

광성자가 말했다.

"사숙의 분부를 받들어 제자가 떠나려는데 여러 문인들이 다시 제자를 놓아주지 않고 한사코 제자와 힘을 겨루자고 했습니다. 제자가 여기 온 것은 바로 윗분을 공경하는 도리에서인데 만약 이와 같다면 제자는 도리를 구하다가 도리어 욕을 당하는 셈이 되고 맙니다. 바라건 대 사숙께서 제자에게 자비를 베풀어 주시더라도 사숙께서 지난밤 삼교와 함께 '봉신방'을 세우신 체면에 해가 되지는 않을 것입니다."

통천교주가 듣고 나더니 노하여 말했다.

"수화동자는 저 무지몽매한 축생들을 속히 궁으로 불러오라!"

수화동자가 법지를 받들고 궁을 나가 여러 문인을 만나 말했다.

"여러 사형! 사부께서 노발대발하시면서 빨리 불러오라 하십니다."

밖에서 씩씩거리고 있던 문인들은 사존께서 부르신다는 말을 듣자 모두 의기소침하여 하는 수 없이 궁으로 들어가 뵈었다.

통천교주가 소리쳤다.

"법규도 지키지 않는 이 축생들아! 어찌하여 사부의 명을 따르지 않고 강폭하게 일을 일으키느냐? 이 무슨 짓들이냐? 광성자가 우리 삼교의 법지를 따라 주나라 무왕을 돕는 것은 바로 천운에 응하여 흥기한 것이니라. 하늘을 거역하는 일을 행하는 자들은 그렇게 벌을 받음이 마땅하다. 그런데도 너희들은 어찌하여 이렇게 함부로 소란을 피우느냐? 참으로 한심스럽도다!"

한바탕 욕을 얻어먹은 문인들은 서로의 얼굴을 쳐다 보면서 말없이 고개를 숙이고 있었다.

통천교주가 광성자에게 분부했다.

"그대는 명을 받들어 행하는 몸이니 이런 자들과 다투지 말라. 그대는 빨리 떠나라!"

광성자가 은혜에 감사드리고 궁을 나와 곧장 구선산 九仙山으로 갔다.

광성자가 돌아간 뒤 통천교주가 말했다.

"강상은 바로 우리 삼교의 법지를 받들어 천운에 응한 제왕을 보좌하고 있노라. '봉신방'에 올라 있는 자는 모두 이 삼교 안에 있느니라. 광성자 역시 살계를 범한 신선으로, 그가 화령성모를 죽인 것은 그가 일부러 찾아서 한 일이 아니라 화령성모가 그를 찾아간 것이었다. 이 모든 것이 하늘의 뜻인데, 너희는 어찌하여 그와 대적하려 하느냐? 나의 가르침조차 따르지 않으니 무슨 체면이 서 겠느냐!"

여러 문인들이 미처 입을 열지 못하고 있을 때 다보도인多寶道人이 무릎 꿇고 아뢰었다.

"사부님의 성지를 어찌 감히 따르지 않겠나이까? 다만 광성자가 우리 교를 지나치게 능멸하고 있고, 망령되이 자기네 옥허의 교법을 존대하면서 우리들을 견딜 수 없이 멸시하는 것을 사부께서는 어찌 모르십니까? 그 거짓말을 진실한 말로 여기신다면 그에게 속임을 당하실 것입니다."

"붉은 연꽃과 흰 연뿌리와 푸른 연잎처럼 삼교는 원래 하나라네'라는 말을 그가 어찌 모르고서 감히 어지러운 말로 우리 교를 희롱할 수 있겠느냐? 너희들은 사정을 헤아려 보지도 않은 채 사단을 일으켜서는 절대로 안되느니라."

"사부께 아룁니다. 제자가 감히 말씀드리지 못하고 있었습니다만, 지금 사부께서 자세히 아시지 못하여 일이 여기까지 이르렀으므로 솔직하게 고하지 않을 수 없습니다. 그는 우리 교를 좌도방문左道傍門이라고 매도하면서, '깃털이 달리고 뿔이 난 사람과 알에서 깨어난 습지생물의 무리를 가리지 않고 모두 함께 모여산다'고 했습니다. 그는 우리에게 인물이 없다고 깔보면서 자기네 옥허의 도법만이 '지존무상'이라고 떠벌이기에 제자들이 참지 못했습니다."

"내가 보기에 광성자는 진실한 군자로서 결코 그런 말은 하지 않았을 것이니라. 너희가 잘못 들었을 것이니라."

"제자가 어찌 감히 사부님을 기만하겠습니까!"

여러 문인들이 일제히 말했다.

"정말로 그런 말을 했습니다. 이 모든 것을 명백히 밝히기 위해 대질심문할 수도 있습니다."

통천교주가 그제야 문인들의 말을 곧이곧대로 듣고 대노하여 말했다.

"정말로 그렇게 비웃더냐? 내가 조수鳥獸와 함께 거한다면, 그래, 그의 사부는 어떤 사람이란 말이냐? 내가 조수라면 그의 사부 역시 조수와 같은 무리로다. 그 짐승 같은 놈이 감히 나를 이토록 경멸하다니!"

곧장 금령성모에게 분부했다.

"뒤에 가서 네 자루의 보검을 가져오너라."

잠시 뒤 금령성모가 보자기 하나를 가져왔는데 그 안에 네 자루의 보검이 있었다.

통천교주가 말했다.

"다보도인은 앞으로 와서 나의 분부를 들으라. 그가 이미 우리 교를 비웃었다니, 너는 이 네 자루의 보검을 갖고 계패관으로 가서 주선진을 펼쳐놓고 천교闡教문하의 어떤 자가 감히 나의 진에 들어오는지를 살펴보아라! 일이 생기면 내가 직접 가서 그와 얘기하겠노라."

다보도인이 사부에게 물었다.

"이 검에는 어떠한 오묘함이 있습니까?"

"이 검에는 각기 이름이 있는데, 첫째는 '주선검誅仙劍'이고 둘째는 '육선검戮仙劍'이고 셋째는 '함선검陷仙劍'이고 넷째는 '절선검絶仙劍'이니라. 이 검을 문 위에 걸어놓으면 우레가 진동하고, 검광이 한번 번쩍이면 제 아무리 1만 겁을 살아온 신선이라 하더라도 재난을 피하기 어려울 것이니라."

통천교주는 그 네 개의 검을 다보도인에게 주고 또한 주선진도誅仙陣圖 하나를 건네주었다.

다보도인은 산을 내려가 곧장 계패관으로 갔다. 이로부터 저 끔찍한 일이 벌어지게 되니, 사람들은 훗날 이는 다 광성자가 벽유동을 찾아와 통천교주를 세 번 배알한 데서 비롯했다고 말한다. 그러나 이 또한 하늘의 뜻임을 어느 누가 알리오?

한편 자아가 화령성모에게 쫓겨간 뒤로, 주나라 진영에서는 사방으로 사람을 보내 자아의 소식을 찾고 있었다. 나타는 풍화륜에 올라 사방으로 찾아다녔다. 자아는 이미 신공표로부터도 벗어나 가몽관으로 돌아가는 중이었다.

자아가 사불상을 몰아 앞으로 가다가 우연히 위호를 만났다. 위호는 크게 기뻐하면서 앞으로 나아가 자아의 안부를 물으면서 말했다.

"화룡병火龍兵이 병사를 풍비박산 내자 급박한 상황에서 대오를 불러모으기가 어려웠는데, 뜻밖에 화령성모가 사숙을 추격했나이다. 그 화룡병은 원래 좌도의 사악한 술수였는지라 그들을 통솔할 주장이 없어지자 일시에 불빛이 사그라지면서 전혀 힘을 쓰지 못했습니다. 그래서 우리들이 군사를 모아 되돌아와서 한바탕 싸운 끝에 그들을 말끔히 해치웠습니다. 그러나 오직 사숙만은 보이지 않았습니다. 지금 나타 등이 사방으로 수소문하고 있는데, 뜻밖에 제자가 여기에서 존안을 뵙게 되니 천만다행입니다!"

탐사관探事官이 중군으로 나는 듯이 뛰어들어가 홍금에게 보고했다. 홍금은 멀리까지 나가 영접했다. 자아가 군영으로 돌아오자 여러 장수들이 끝없이 기뻐했다. 인마를 불러모아 점검해 보니 또 사오천 명의 병졸이 사망하고 없었다. 자아가 화령성모와 신공표의 일을 여러 장군들에게 자세히 들려주자 사람들이 기쁨을 감추지 않고 축하했다. 자아는 가몽관에서 50리쯤 떨어져 사흘을 머문 뒤에, 바야흐로 군대를 점검하여 포성을 울리면서 다시 관 아래에 이르러 진영을 쳤다.

호승餫升은 관 안에서 화령성모의 길흉을 모르고 있

었는데, 자아의 병사가 다시 관 아래에 이르렀다는 정탐병의 보고를 듣자 크게 놀랐다.

"강상의 병사가 다시 온 걸 보니 화령성모는 이미 끝장났구나!"

급히 부장들과 상의했다.

"전날에 이미 주나라에 항복했는데 공연히 화령성모가 와서 한바탕 들쑤셔놓아 나의 마음을 번복하게 했다. 비록 자아진영을 두 번 이겼지만 이제 와서 그게 무슨 소용이겠는가! 어떻게 다시 그를 만나겠는가!"

옆에 있던 부장 왕신王信이 말했다.

"이제 원수께서 죄명을 화령성모에게 돌리면 그가 원수를 벌하지는 않을 것이니, 그렇게 하면 걱정 없을 것입니다."

"그 말에도 일리가 있도다."

호승은 즉시 왕신을 보내 항복문서를 갖고 자아를 뵙도록 했다.

왕신이 중군에 이르러 문서를 받치자 자아가 책상에 펼쳐놓고 읽어보았더니 다음과 같았다.

관을 지키는 주장 호승 및 대소 장수들은 항복을 원하며 머리 조아려 서주대원수 휘하에 문서를 올리나이다. 일전에 원수님께서 병사를 이끌고 관에 당도하셨을 때 저의 동생인 호뢰와 화령성모가 천명을 모른 채 대왕의 군사를 거역하여 스스로 화를 당한 것은 후회해도 소용없는 일입니다. 저의 죄는 진실로 용서받지 못함이 마땅하나, 원수께서는 넓으신 도량으로 생명을 사랑하시는 분이신지라 모든 것을 감싸지 않음이 없을 줄로 압니다. 지금 특별히 부장 왕신을 보내 삼가 항복문서를 바치니, 청컨대 원수께서 저의 어리석은 정성을 굽어 살피시어 항복을 받아주시고 이곳의 백성을 구해 주신다면, 이는 진정 제때에 찾아오신 군대로서 만백성이 모두 축하드릴 것입니다. 호승은 재삼 머리 조아려 삼가 아뢰나이다.

자아가 문서를 모두 본 다음 곰곰이 생각했다.
'한번 항복을 해놓고도 다시 창을 들었으니 이는 마땅히 엄한 벌로 다스려야 할 것이다. 하지만 호승 또한 화령성모의 꾐에 빠질 수밖에 없지 않겠는가?'
마침내 자아는 그를 받아들임으로써 얻는 이득이 그를 벰으로써 얻는 이득보다 크다고 생각하여 왕신에게 말했다.
"그대의 주장이 이미 항복했으니 나는 더 이상 지난 일을 추궁하지 않겠노라. 내일 즉시 관을 바칠 것이며 이제 다시는 군대를 막아서는 일이 없도록 하라."

홍금이 옆에 있다가 말했다.

"호승은 변덕이 심하므로 원수께서는 가벼이 믿지 마십시오. 그 안에 혹 거짓이 있을까 걱정입니다."

자아가 말했다.

"전날에 그의 형제가 오만하게 반항한 것은 오로지 화령성모가 좌도의 술수를 부렸기 때문이오. 내가 보건대 호승은 진심으로 항복하고자 하는 것 같으니, 공은 여러 말 하지 마시오."

마침내 왕신에게 명했다.

"내가 내일 관으로 들어가겠다고 그대의 주장에게 보고하라."

왕신은 관으로 들어가 호승을 뵙고 자아가 한 말을 쭉 얘기했다. 호승이 크게 기뻐하면서 곧장 관 위의 군사들에게 주나라 깃발을 세우라고 명했다.

다음날 호승은 대소 장수들과 함께 백성을 이끌고 관을 나와 항복 깃발을 손에 들고 향을 사르고 문에 채색 비단을 장식해 놓고서, 자아의 기세등등한 군대가 관으로 들어오는 것을 영접했다. 자아가 원수부에 이르러 당상에 앉자 여러 장수들이 양쪽으로 늘어섰다.

그때 호승이 당 앞으로 나아가 예를 마치고 아뢰었다.

"소장 호승은 늘 주나라로 귀순코자 했사온데, 뜻밖

에 저의 동생이 천시를 알지 못하다가 주살을 당했습니다. 소장은 일찍이 항복문서를 갖추어 홍 장군께 바쳤습니다만, 난데없이 화령성모가 와서 천병天兵을 가로막았습니다. 소장이 재삼 그를 저지했으나 막지 못하여 원수께 죄를 짓고 말았으니, 부디 원수께서 소장의 죄를 용서해 주시기를 바랍니다."

자아가 말했다.

"그대의 말을 듣고 보니 정말 변덕이 심하도다. 처음에 항복한 것은 그대의 본심이 아니었다. 그대는 관내에 싸울 만한 장수가 없었기 때문에 구차하게 살고 싶어 항복한 것이었다. 그래서 화령성모가 오자 그대는 곧 마음을 바꾸어 다시 옛 주인을 생각했다. 이런 내용이지? 이는 모두 조삼모사의 소인배가 하는 짓거리니 어찌 한 마디 말로 믿음이 변치 않는 군자라고 하겠느냐. 이 일은 비록 화령성모가 주도한 것이지만 그대 스스로도 기꺼이 하고자 한 것이라고 생각되므로 나는 그대를 믿기가 어렵도다. 그대를 오래 놔두었다가는 후에 반드시 화를 일으킬 것이로다."

자아는 좌우에게 명했다.

"끌고 나가 참수하라!"

호승은 고개를 숙인 채 말이 없었으나 후회해도 이

미 때는 늦었다. 좌우에서 호승을 포박하여 끌고나가 잠시 뒤에 그의 수급을 가져와 바쳤다. 자아는 그것을 관 앞에 효수하라 명했다.

사실을 말하면 자아는 가몽관 안에 들어갈 때만 해도 굳이 호승의 목을 베고자 하는 마음이 없었다. 하지만 호승이 무릎 꿇고 하는 말을 듣자 곧 그렇게 작심했던 것이다. 호승은 자아로 하여금 더욱 측은지심을 갖게 할 요량으로 궁색한 변명을 늘어놓았으니, 그 말 속에서 이미 그는 자신의 변덕스러운 본성을 드러내고 말았던 것이다. 이는 곧 '말이 그 사람의 마음이다'라는 말과 다르지 않다.

자아는 가몽관을 평정하고 기공祁恭에게 관을 지키게 했다. 그리고 호구조사를 명확히 한 뒤 그날로 회군하여 다시 사수관으로 돌아갔다.

한편 황비호가 10만의 용맹한 군사를 거느리고 청룡관으로 갔는데, 길 가득 군대의 위엄이 넘실대고 살기가 충천했다. 하루는 정탐병이 중군에 들어와 보고했다.

"군대행렬이 이미 청룡관에 이르렀습니다."

황 총병이 병영을 설치하라 명했다.

청룡관을 지키는 은나라 진영의 대장은 구인丘引이고

부장은 마방馬方·고귀高貴·여성余成·손보孫寶 등이었다. 주나라 병사가 이르렀다는 말을 듣고 구인은 황급히 당에 올라 장수들과 의논했다.

"지금 주나라 병사들이 경계를 침범한 것은 심한 패역의 일이로다. 우리는 각자 마땅히 국가를 위해 몸과 마음을 다 바쳐야 하리라."

여러 장수들이 일제히 말했다.

"죽을힘까지 다하고자 합니다."

모두들 주먹을 불끈 쥐고 용감하게 앞다투어 나아가려 했다.

황 총병이 군막에 올라 말했다.

"오늘 이미 관에 당도했으니 누가 맨먼저 나가 공을 세우겠는가?"

등구공이 가겠다고 나서자 황비호가 허락했다.

"장군이 나가시면 반드시 훌륭한 전공을 세울 것입니다."

등구공이 진영을 나가 관 아래에 이르러 싸움을 걸었다. 초병이 보고하자 구인이 급히 마방에게 명했다.

"진두에 나가보면 무슨 일인지 알 수 있을 것이니라."

마방이 말에 올라 칼을 들고 두 개의 깃발을 펄럭이면서 나갔다. 그곳에는 등구공이 붉은 도포에 철갑을 입고서 필마로 군진 앞에 와 있었다.

마방이 소리쳤다.

"역적은 서둘지 말라!"

등구공이 응수했다.

"마방, 네놈은 천시도 모르는구나! 바야흐로 지금 너희네 군사가 거듭 화를 당하여 금방이라도 은나라가 망하려 하는데 네놈이 감히 관을 나와 싸우려 들다니!"

마방이 대노하여 욕했다.

"하늘을 거역한 역적이자 양심마저 속이는 같잖은 놈이 감히 허울 좋은 말을 내뱉어 나의 깨끗한 귀를 더럽히다니!"

말을 몰아 창을 흔들면서 곧장 달려들자 등구공이 칼로 급히 막아냈다. 두 말이 뒤엉켜 30합을 크게 싸웠다. 그러나 전장에서 오랜 경험을 쌓은 뛰어난 장수 등구공에게 오랫동안 사용하지 않아 칼이 녹슨 마방이 어떻게 그의 적수가 되겠는가?

한참을 싸우다가 등구공이 마방의 허점을 틈타 대갈일성하면서 말 아래로 거꾸러뜨렸다. 등구공은 간단히 마방의 목을 베어 승전고를 울리면서 돌아왔다.

마방의 수급을 바치자, 황 총병이 크게 기뻐하면서 등구공의 첫번째 공을 기록하고 술자리를 마련하여 축하했다.

 한편 마방의 패잔병이 관으로 들어가 보고했다.
 "아룁니다. 마방이 실기하여 등구공에게 목이 잘려 주나라 진영에 효수되었나이다."
 구인이 보고를 듣자 몸속의 삼시신三尸神이 날뛰고 일곱 구멍에서 연기가 날 정도로 분노했다.
 다음날 구인은 직접 병사를 이끌고 관을 나섰다. 황비호가 한참 관을 공략할 일을 논의하고 있을 때 초병이 중군에 들어와 보고했다.
 "청룡관의 대부대가 늘어서서 총병 나오시기를 기다립니다."
 황비호가 명했다.
 "우리도 대부대의 인마를 출진시켜라!"
 포성이 울리고 대홍기大紅旗가 펄럭이면서 용맹무쌍한 인마가 달려나갔다. 구인은 황비호를 보자 좌우로 대소 장수를 늘어세우고 혼자 앞장서서 소리쳤다.
 "황비호! 국가의 은혜를 저버리고 아비도 임금도 모르는 역적놈! 네놈은 오관을 등지고 조정의 관원을 살해하고 천자의 창고를 약탈하여 희발을 도와 악을 일삼더니, 오늘은 또 천자의 관문을 침략했구나. 네놈이야말로 악행이 차고 넘쳐서 반드시 천벌을 받을 것이니라!"

황비호가 웃으며 말했다.

"지금 천하가 봉기하여 천자의 멸망이 경각에 달렸으니 네놈들은 모두 편히 죽을 곳도 없으리라! 선봉장이 되려면 수완이 뛰어나야 하는데 감히 천명을 거역하려 들다니!"

황비호가 좌우를 돌아보며 물었다.

"어떤 장수가 저 구인을 쉽게 잡아오겠는가?"

뒤에서 황천상이 응답했다.

"제가 가서 저 역적놈을 사로잡아 오겠나이다."

황천상은 나이가 이제 겨우 17세에 불과했으니, 이른바 '갓 태어난 망아지가 범을 무서워하지 않는다'는 격이었다. 황천상은 아버지가 미처 허락하기도 전에 말을 몰아 창을 휘두르면서 돌진했다. 저쪽에서는 고귀가 도끼를 흔들면서 맞섰다. 두 말이 뒤엉키고 창과 도끼가 맞붙었다.

황천상 역시 '봉신방'에 올라 있는 사람이었으므로 힘이 무궁했다. 부딪혀 15합쯤 싸웠을 때, 황천상이 고귀의 가슴을 창으로 찔러 말 아래로 거꾸러뜨렸다. 그러자 멀찍이서 보고 있던 구인이 고래고래 소리질렀다.

"나를 미치게 만드는구나! 도망가지 말라 내가 간다!"

구인은 은투구와 흰 갑옷을 입고 백마에 올라 장창을 들고서 곧장 황천상에게 쳐들어왔다. 황천상은 구인이 오는 것을 보고 마음속으로 기뻤다.

'내가 반드시 이 공을 세우리라!'

창을 흔들면서 막아섰다. 황천상이 비바람이 몰아치듯이 창을 휘두르니 그 기세는 감히 당해낼 수가 없었다. 구인은 어린놈이라고 얕봤다가 스스로 이길 수 없다고 판단했다. 그만큼 천상은 쑥쑥 자라는 대나무처럼 하루가 다르게 더욱 용맹해지고 창법은 더욱 신비해졌던 것이다.

구인은 겨우 막는 데 급급할 뿐 반격할 힘이 전연 없었다. 옆에 있던 구인의 부장 손보와 여성이 각기 말을 타고 달려와 싸움을 도왔다.

등구공은 두 장수가 와서 돕는 것을 보자 곧장 말을 몰아 여성을 단칼에 베어 말에서 쓰러뜨렸다. 이것을 본 손보가 대노하여 욕을 해댔다.

"이런 망할 놈! 어찌 감히 우리 대장을 해치느냐!"

말을 돌려 등구공과 대적했다.

구인은 황천상에게 가로막혀 꼼짝 못하고 있었으므로 비록 좌도의 술수가 있었지만 사용할 수가 없었다. 또한 등구공이 달려와 여성을 베어 죽이는 것을 보자 마음이 더욱 창황했다. 그때 황천상이 허점을 노려 창으로 구인의 왼쪽 다리로 내질렀다. 구인은 비명을 지르면서 말고삐를 돌려 달아났.

황천상은 창을 걸어두고 활을 꺼내 시위를 한껏 당겨 구인의 등을 향해 쏘았다. 화살은 어깻죽지를 명중시켰다. 손보가 주장의 패주에 몹시 당황하고 있을 때, 등구공이 다시 칼을 휘둘러 손보의 수급을 베었다.

황비호는 승전고를 울리면서 당당하게 진영으로 돌아갔다.

구인은 패하여 관으로 돌아오자 분노가 치밀었다.

'네 명의 부장을 두 차례의 싸움에서 모두 잃었으며, 나 역시 황천상의 창에 왼쪽 다리를 찔리고 어깻죽지에 화살을 맞았다. 뒷날 출전하여 기필코 역적놈을 잡아다가 시체를 만 조각으로 찢어 나의 한을 씻으리라!'

구인이 이렇게 생각하는 것도 무리가 아니었다. 구인은 본래 두렁허리가 득도하여 사람의 형체를 이룬 것으로 또한 좌도의 술수에도 능하기 때문이었다. 다만 이번 싸움에서는 미처 쓸 경황이 없었을 뿐이었다.

구인이 스스로 단약을 상처에 발랐고 상처는 깨끗이 나았다. 사흘째 되는 날, 구인이 다시 말을 타고 창을 들고서 주나라 진영 앞에 이르러 소리쳤다.

"황천상은 나와서 나를 만나라!"

초병이 중군에 들어와 보고하자 황천상은 다시 서둘러 접전하러 나갔다. 구인은 원수를 보더니 말도 걸지 않고 곧장 창을 휘두르면서 황천상에게 달려들었다. 황천상이 창으로 막으며 내처 30합을 싸웠다. 황천상은 구인의 은투구에서 삐어져 나온 머리카락을 보고서 속으로 생각했다.

'이 무지한 놈은 틀림없이 술법을 갖고 있을 것이니 독수에 당하지 않도록 조심해야겠다.'

황천상은 마음에 한 계책을 생각하며 창을 헛찔렀다. 구인은 오직 전날의 원한을 갚으려고 허점을 틈타 창으로 찌르다가 그만 실수로 황천상의 가슴 쪽으로 엎어졌다. 이때를 노려 황천상이 은장간銀裝鐧 채찍을 꺼내들었다. 황천상의 은장간은 삼환검三環劍도 토막내고 장팔창丈八鎗도 부러뜨릴 만한 것이었다.

구인은 황천상의 그 은장간에 가슴팍의 호심경護心鏡을 정통으로 얻어맞아 선혈을 내뿜었다. 가까스로 말에 의지한 구인은 마침내 관내로 패주하여 문을 닫고 나오지 않았다. 황천상이 몇 차례 더 응수하라고 소리쳤으나 호되게 혼이 난 구인은 들은 척도 하지 않았다. 그는 할 수 없이 진영으로 돌아갔다.

은장간에 얻어맞은 구인은 계속 피를 토하자 급히 단약을 복용했으나 일시에 완치될 수가 없었다. 황천상에 대한 원한이 골수에 사무쳐 절치부심하면서 관내에서 상처를 보양할 따름이었다.

다음날 구인은 은장간에 당한 상처가 아직 낫지 않았던 터라 다만 성에 올라 친히 순시하면서 관을 지킬 수 있는 온갖 방법을 강구하고 했다.

대저 이 관은 조가朝歌를 든든히 하는 곳이자 서북쪽 울타리로서 매우 긴요한 곳이었다. 그런만큼 성이 높고 해자가 깊어 단시일 내에 공략하기가 어려웠다. 주나라 병사들이 연이어 사흘 동안 공격했으나 손에 넣을 수가 없었다.

황비호는 이 관을 금방 공략하기가 어렵다는 것을 알고 명을 내렸다.

"징을 울려 퇴각하라."

인마를 불러들여 다시 좋은 계책을 세우기로 했다.

구인은 서주병사들이 퇴각하는 것을 보고 성을 내려와 원수부에 앉았으나 마음은 여전히 답답하기만 했다. 그때 갑자기 보고가 들어왔다.

"독량관 진기陳奇가 명을 기다리나이다."

구인이 전으로 들어오게 하자 진기가 몸을 굽히며 말

싸웠는데, 등구공의 칼 쓰는 법은 신기했고 진기는 짧은 병기를 사용했으니, 진기가 어떻게 힘으로 그를 막아낼 수 있었겠는가?

마침내 진기는 술수를 부리지 않으면 안되었다. 그가 탕마저를 한번 들자 갑자기 3천 명의 비호병이 손에 갈고리와 밧줄을 들고 긴 뱀과 같은 모양으로 앞으로 달려왔는데 사람을 사로잡으려는 형상이었다.

등구공은 그 까닭을 몰랐다. 진기는 원래 좌도의 문인으로 이인異人에게서 전수받은 비법이 있어서 뱃속에 한 줄기 황기黃氣를 양성하여 입으로 뿜어내곤 했다. 무릇 정혈精血로 형체를 이룬 자는 반드시 3혼7백三魂七魄이 있게 마련인데, 이 황기를 보기만 하면 혼백이 흩어지고 마는 것이다.

등구공은 이 황기를 보자 안장에 더 이상 앉아 있지 못하고 말에서 고꾸라졌다. 그때 비호병이 등구공을 에워싸서 사로잡아 관으로 끌고 가자 은나라의 삼군이 함성을 질렀다.

좌우에서 구인에게 보고했다.

"원수께 아룁니다. 진기 장군이 등구공을 생포하여 명을 기다리고 있습니다."

구인이 크게 기뻐하면서 좌우에게 명했다.

"어디 그놈을 한번 보자꾸나!"

등구공이 깨어나니 몸이 이미 밧줄에 꽁꽁 묶여 꼼짝할 수가 없었다. 좌우에서 구인의 면전으로 끌고 가자 등구공이 크게 욕했다.

"조무래기 놈이 좌도의 술수로 나를 사로잡았으나 나는 죽어도 굴복치 않으리라! 지금 이미 패했으니 오직 죽음이 있을 뿐이다. 나는 살아서 네놈의 살을 씹어먹지는 못하지만 죽은 뒤에 반드시 귀신이 되어 너 역적놈을 죽이리라!"

구인이 대노하여 명했다.

"적반하장이로구나. 끌고 가서 참수하라!"

가련하게도 등구공은 주나라에 귀순하여 여러 차례 공을 세웠으나, 맹진에서 제후들과 회합하지도 못한 채 오늘 주나라 군주에게 충성을 바치고서 죽었다. 구인은 행형패行刑牌를 발급하여 등구공의 머리를 관 위에 효수하게 했다.

황비호 쪽의 정탐병이 중군에 들어와 보고했다.

"총병께 아룁니다. 등구공 장군은 진기가 토해낸 황기에 당하여 관으로 사로잡혀 갔다가 수급이 성 위에 효수되었나이다."

황비호가 깜짝 놀라 말했다.

"등구공은 훌륭한 장수인데 불행히도 좌도의 술수에 죽고 말았구나."

두 줄기 굵은 눈물이 황비호의 볼을 타고 주르륵 흘러내렸다. 많은 병사들이 함께 눈물을 삼켰다.

다음날 진기는 다시 병사를 이끌고 주나라 진영으로 가서 싸움을 걸었다. 초병이 들어와 보고하자 옆에 있던 등구공의 보좌관 태란이 대노하여 말했다.

"소장이 비록 재주는 없으나 원컨대 주장의 원수를 갚고자 하나이다."

황비호가 허락하자 태란은 이를 앙다문 채 말에 올라 진영을 나갔다. 진기와 마주 대하고는 얘기도 나누지 않은 채 곧장 20합을 크게 싸웠다. 이번에도 진기가 탕마저를 한번 들자 뒤에서 비호병이 몰려왔다. 진기가 입을 벌려 황기를 쏘아 태란을 말에서 떨어뜨리자, 병졸들이 그를 사로잡아 관으로 끌고 가 구인에게 보였다.

구인이 말했다.

"이놈이 역적을 따르긴 했지만 그를 목벨 필요까지는 없다. 잠시 감옥에 가둬놓았다가 그의 주장까지 사로잡은 뒤에 함께 조가로 압송하여 국법으로 다스리더라도 그대의 공에 어긋나지는 않을 것이니라."

진기가 크게 기뻐했다.

황비호는 또다시 태란이 잡혀간 것을 보자 마음이 몹시 우울했다.

다음날 또 보고가 들어왔다.

"진기가 싸움을 걸고 있습니다."

황비호가 좌우에게 물었다.

"누가 나가서 대적하겠는가?"

말이 끝나기도 전에 옆에서 황천록·황천작·황천상의 세 아들이 나서며 말했다.

"불초 소자 셋이 가고자 합니다."

황비호가 분부했다.

"모름지기 조심하고 또 조심하여라."

세 형제는 잘 알았다고 대답하고 말에 올라 곧장 진영을 나갔다.

진기가 물었다.

"거기 오는 자들은 누구냐?"

황천록이 대답했다.

"우리는 개국무성왕의 세 아들이다."

진기가 속으로 기뻐했다.

'이 축생 같은 놈들을 잡으려고 했는데 제 발로 죽으러 오는구나!'

금정수를 몰아 대꾸도 않고 탕마저를 휘두르면서 곧

장 황천록 형제에게 달려들었다. 세 사람이 세 자루의 창으로 급히 막으니 네 마리의 말이 서로 맞붙었다. 가히 용쟁호투라 할 만했다.

74 哼哈二將顯神通

형·합 두 장수가
신통력을 드러내다

황천록 형제 세 명이 진기를 포위하고 싸우다가 갑자기 한 창으로 진기의 오른쪽 다리를 찔렀다. 깜짝 놀란 진기는 타고 있던 금정수를 몰아 포위망 밖으로 벗어났다. 그러자 황천록이 뒤쫓았다.

진기는 비록 다리에 부상을 입었지만 아직까지 도술은 자유자재였다. 그가 탕마저를 한번 들자 비호병이 벌떼처럼 몰려왔으며, 다시 그가 뱃속에서 단련한 황기를 내뿜자 황천록이 말안장에서 굴러 떨어졌다. 비호병이 재빨리 황천록을 갈고리로 묶어 사로잡았다. 구인에게 보이니, 구인은 황천록도 감금하라고 분부했다.

황천작과 황천상이 진영으로 돌아가 부친을 뵙고 형이 사로잡혀간 일을 말씀드렸더니, 황비호는 억장이 무너지는 듯했다. 그는 급히 수하를 보내 황천록이 효수되었는지 알아보게 했다.

탐사관이 돌아와 보고했다.

"아직 효수되지 않았나이다."

황비호가 그제야 다소 안심이 되었다는 듯 한숨을 내쉬었다.

다음날 구인은 황천상에게서 당한 상처가 완전히 치유되자 직접 복수하러 나섰다. 이번에는 투구를 쓰지 않고 이마 위에 금테를 둘렀는데 마치 뱀의 머리 같았다. 거기다가 갑옷과 도포를 걸치고 말에 올라 창을 꼬나들었다.

주나라 진영으로 달려간 그는 계속해서 황천상의 이름을 부르면서 싸우자고 얼렀다. 탐사병이 진영으로 들어가 보고하자 황천상이 곧장 나가려 했다. 황비호가 급히 저지하려 했으나 이미 뛰쳐나간 뒤였다.

황천상이 창을 치켜들고는 진영을 나가 구인이 보이자 소리쳤다.

"구인아 이놈아, 오늘에야말로 네놈을 사로잡아 공을 세

우리라!"

말을 몰아 창을 흔들면서 곧장 구인을 찔러들었다. 구인도 창으로 응수했다. 황천상의 창법은 폭풍우가 몰아치는 듯하여 그 기세를 당해낼 수가 없었다. 구인은 더 이상 막아내지 못하자 말을 돌려 관 앞으로 도주했다. 황천상은 앞뒤 가리지 않고 그저 곧장 뒤쫓았다. 그때 구인의 이마 위에서 한 줄기 기다란 백광이 뻗치면서 그 안에서 사발만한 크기의 붉은 구슬 하나가 나타나 공중에서 빙글빙글 돌았다.

구인이 소리쳤다.

"황천상! 너는 나의 보물을 보아라!"

황천상이 영문을 모른 채 고개를 들어 쳐다보자 자기도 모르게 정신이 혼미해지면서 순식간에 동서남북조차 구별할 수가 없었다. 천상이 이렇게 혼미해 있을 때 구인의 군졸들이 그를 말에서 끌어내려 두 팔을 밧줄로 묶었다.

황천상이 깨어났을 때는 이미 사로잡힌 뒤였다. 구인은 크게 기뻐하며 승전고를 울리면서 관으로 들어갔다. 구인은 당에 올라 좌우에게 명했다.

"황천상을 끌어오라!"

사람들이 황천상을 그의 면전으로 끌고 오자, 그는

노기충천하여 매섭게 소리쳤다.

"구인, 네 이 역적놈! 감히 요사스런 술수로 공을 이루다니 대장부가 아니로다. 나는 죽더라도 아까울 게 없으니 마땅히 국은에 보답할 뿐이다. 만약 강 원수의 군대가 당도하면 네놈은 몸이 바스러지고 뼈가 가루가 되는 화를 당하리라! 이미 네놈에게 사로잡혔으니 어서 빨리 죽여라. 반드시 무서운 귀신이 되어 네놈을 죽이고야 말리라!"

구인이 대노했다.

"적반하장이로다. 네놈이 바로 역적인 주제에 도리어 허튼소리로 희롱하다니! 그래 네놈이 나를 활로 쏘고 몽둥이로 치고 창으로 찌를 때는 마음이 상쾌했겠지. 그러나 오늘 이렇게 사로잡혔는데도 목숨을 애원하기는커녕 도리어 악독한 말로 나를 모욕하는구나!"

황천상이 눈을 부라리며 욕을 퍼부었다.

"이 역적놈! 나는 네놈의 폐부를 창으로 꿰뚫고 네놈의 머리를 칼로 박살내고 네놈의 심장을 화살로 뚫어서 보국충성하지 못한 것이 한스러울 뿐이다. 지금 불행히도 사로잡혀 죽게 되었으니 무슨 많은 말이 필요하고 무슨 모양새를 차리겠느냐!"

구인이 대노하여 좌우에 명했다.

"먼저 이놈의 수급을 베고 그 시체를 성루에 걸어두어 풍장風葬하도록 하라!"

잠시 뒤 주나라 초병이 진영으로 들어가 보고했다.

"총병께 아룁니다. 넷째공자께서 구인에게 잡혀가 수급이 베이고 시체가 성루에 걸려 풍장되었으니 군령軍令을 내리소서."

황비호가 보고를 듣고 비명을 지르면서 쓰러지자 장수들이 황급하게 부축해 일으켰다. 황 총병이 마치 새끼 잃은 호랑이처럼 방성통곡하면서 말했다.

"나는 네 아들을 두었는데, 대왕을 위해 맹진에서 제후들과 회합하여 공을 세워보지도 못하고, 지금 겨우 한 관새에서 먼저 세 아들을 잃었구나!"

황비호는 눈을 감고 자식을 생각하면서 시 한 수를 지어 슬픔을 달랬다.

나라 위해 몸 바쳐 전장에 뛰어들었나니,
단심丹心은 가히 태양과 그 빛을 다투도다.
아직 강포한 역적들을 다 소탕하지 못했는데,
좌도의 술수에 걸려들어 어린 자식이 죽고 말았네.

가까스로 정신을 되찾은 황비호는 일의 기미가 이와

같음을 보고 황급히 위급함을 알리는 문서를 작성하여 밤을 도와 사수관 대본영으로 사신을 보냈다.

사신이 말을 달려 하루도 못되어 본영에 당도했다. 사신이 군막 앞에 이르러 예를 마치고 자아에게 문서를 바쳤다. 자아가 펼쳐보더니 천지가 무너지는 듯 크게 놀라 말했다.

"등구공과 황천상이 모두 비명에 죽었구나. 애석토다, 애석하도다!"

자아는 차마 말을 잇지 못할 정도로 매우 상심했다. 그때 등선옥이 울면서 군막으로 나아와 말했다.

"원수께 아룁니다. 소장이 가서 부친의 원수를 갚고자 하나이다."

자아가 허락하지 않을 수 없었다. 또한 선행관 나타와 함께 가도록 했다. 나타는 크게 기뻐하면서 명을 받들고 밤을 도와 청룡관으로 갔다. 나타의 풍화륜은 매우 빨라서 앞서 갔고, 등선옥은 군대를 따라 뒤에 갔다. 나타는 삽시간에 청룡관에 도착했다.

"선행관 나타가 군영 밖에서 명을 기다립니다."

황비호가 급히 명했다.

"모시도록 하라."

나타가 중군에 들어와 예를 마치자 황비호가 말했다.

"명을 받고 병사를 나누어 여기에 이르렀으나 불행히도 패전하여 아들을 잃고 등구공도 좌도의 술수에 걸려들어 죽고 말았네. 여기에서 죄를 기다리면서 구원병을 청한 것이야. 지금 선행관이 여기에 왔으니 우리는 천만다행이랄 밖에!"

나타가 말했다.

"소장은 단심충의丹心忠義로 나라 위해 몸을 바쳐 사라지지 않기를 바라니, 이 또한 장군께서 가르쳐 주신 공입니다. 헛되이 하지는 않을 것이며 등구공과 황천상의 원수를 기필코 갚고야 돌아오겠습니다."

다음날 나타는 풍화륜에 올라 화첨창을 들고서 관 아래에 이르러 싸움을 걸려는데, 황천상의 수급이 효수된 채 시체가 풍장되어 있는 것이 보였다.

나타가 대노했다.

'내가 구인을 사로잡아 반드시 그대로 해주리라!'

그리고는 큰소리로 외쳤다.

"성 위의 연락병은 들어라! 일찌감치 목을 씻고 죽음을 받으라고 구인에게 속히 전하라!"

연락병이 보고하자 자기 능력을 과신한 구인은 지난번처럼 관을 쓰고 영문을 나섰다. 구인은 어떤 자가 풍화륜을 타고 오는 것을 보고 소리쳤다.

"거기 오는 자는 나타가 아니냐?"

나타가 욕을 퍼부었다.

"이 개돼지만도 못한 놈! 황천상과 네놈은 서로 적국의 장수에 불과하며 피차간에 나라를 위하여 장수들을 효수했을 뿐인데, 또 무슨 죄가 있어 이렇게 그의 시체를 풍장까지 하느냐! 내 이제 너를 사로잡아 반드시 네놈의 시체를 찢고 육장을 담아 황천상의 한을 씻어줄 것이다!"

화첨창을 휘두르면서 곧장 구인에게 달려들자 구인도 창으로 급히 막았다. 이삼십 합을 싸운 뒤 구인이 곧장 달아났다. 나타가 추격하자 구인은 예전처럼 머리 위로 백광을 피워올렸다. 그러자 그 안에서 붉은 구슬 하나가 나타나 공중을 선회했.

구인은 나타가 연꽃의 화신인 줄은 모르고서 곧장 소리쳤다.

"나타야! 너는 나의 보물을 보아라!"

나타가 머리를 들어보고는 크게 웃으며 말했다.

"무지한 놈 같으니! 그것은 붉은 구슬에 불과한데 왜 날더러 그걸 보라 하느냐!"

구인이 깜짝 놀라 뇌까렸다.

'내가 수도 끝에 이 구슬을 완성하여 뭇 장수와 군사

들을 잡는 데 효험이 없던 적이 없었는데, 지금 나타가 이걸 보고서도 풍화륜에서 떨어지지 않으니 어찌된 일인가!'

마음속으로 몹시 당황해 하면서 말을 돌려 다시 싸웠다. 그때 나타가 건곤권으로 구인의 어깻죽지를 명중시켜 뼈를 부러뜨리자, 구인은 안장에 엎드린 채 도주하여 관으로 돌아갔다. 나타는 승리를 거두고 진영으로 돌아와 황비호를 뵈었다.

이 무렵 토행손이 군량미를 싣고 자아의 대영에 도착하여 보고를 마쳤다. 토행손이 전을 내려왔을 때 등선옥이 보이지 않자 그 이유를 물으니 무길이 대답했다.

"황비호 장군께서 구원병을 청하면서 당신의 장인이 싸우다 전사했다고 했기에 떠난 것이오."

토행손은 등구공이 이미 죽었다는 말을 듣자 매우 슬퍼했다.

'내 반드시 장인의 원수를 갚으리라!'

때마침 청룡관으로 군량미를 수송하라는 명령을 받고 운송을 독려하여 곧장 갔는데 하루도 못되어 군영 문밖에 도착했다. 정탐병이 중군에 보고하자 황비호가 모시도록 했다.

토행손이 군막 앞에 이르러 예를 마치자 황비호가 말

했다.

"등구공은 좌도의 술수에 걸려들어 죽고 나의 두 아들은 사로잡혀 갔는데, 그 중 황천상은 역적 구인에게 그 시체를 풍장당했네. 다행히 오늘 선행관 나타가 와서 건곤권으로 구인을 때려눕히기는 했으나 역적의 머리를 베지는 못했네."

토행손이 말했다.

"소장이 오늘 밤 황천상의 시체와 머리를 훔쳐 와서 목관에 넣어 장례를 치를 것이며, 내일에는 구인을 사로잡아 반드시 두 분의 원수를 갚겠습니다."

황비호가 적이 기뻐했다.

토행손이 군막을 나와 등선옥과 만났다. 밤이 되자 토행손은 지행술을 빌어 곧장 관으로 들어갔다. 자고로 땅속을 파고드는 재주로 말하자면 토행손을 따라갈 자가 없었다. 먼저 관 안을 한번 둘러본 뒤에 감옥으로 갔더니 태란과 황천록이 보였다. 시간이 2경에 이르러 사방에 인적이 고요해지자, 토행손이 땅위로 뚫고나와 조용히 불렀다.

"황천록, 내가 왔으니 걱정 말라. 머지않아 곧 이 관이 점령될 것이다."

황천록이 들어보니 토행손의 목소리인지라 크게 기뻐

하며 말했다.

"좀더 일찍 왔더라면 좋았을 텐데!"

"쉿! 조용히 하라고."

토행손이 소식을 전한 뒤에 곧장 성루로 가서 밧줄을 끊어 황천상의 시체와 머리를 관 밖으로 떨어뜨렸다. 밖에 있던 주기周紀가 시신을 거두어 돌아갔다. 황비호는 아들의 시신을 보자 대성통곡했다. 가까스로 참았던 설움이 또다시 폭발한 것이었다.

"어린 나이에 비록 나라를 위해 몸을 바친 것이기는 하나 죽은 것도 서러운데 시체마저 이렇게 온전치 못하다니 애닯구나, 애달프구나! 네가 죽은 이후로 매일같이 성문 밖에 내걸린 너의 시체를 보아야 했던 이 아비의 마음이 이제야 토행손 장수의 도움으로 그나마 달래지는구나!"

황비호는 급히 목관에 시체를 잘 넣게 한 다음 속으로 생각했다.

'내가 네 명의 아들을 두었으나 지금 두 아들을 잃고 한 아들은 생사를 모르는데, 지금이라도 천작에게 천상의 시체를 갖고 서기로 돌아가게 하여 어서 빨리 나의 아버님을 봉양케 하는 것이 좋겠다. 그리해야 황씨가문의 후손이 끊어지지 않을 것이며, 또한 나의 충과 효를 둘

다 온전히 할 수 있을 것이다.'

황비호는 셋째아들 황천작을 보낼 수레를 마련하여 서기로 돌려보냈다.

다음날 구인은 당에 올랐으나 나타에게 당한 부상으로 인하여 마음이 답답했다.

그때 성을 순찰하던 군사가 와서 보고했다.

"간밤에 누군가가 황천상의 시체를 훔쳐갔는지 없어졌습니다."

구인이 듣고 깜짝 놀랐으나 이미 어찌할 도리가 없었다. 더욱 근심이 깊어졌다.

옆에 있던 진기가 대노하여 말했다.

"소장이 관을 나가 어젯밤에 왔던 놈을 사로잡아 주장의 원수를 갚아드리겠습니다!"

말을 마친 진기는 본부의 비호병을 거느리고 황비호 군영 앞에 이르러 싸움을 걸었다.

초병이 중군에 보고하자 황비호가 물었다.

"누가 나가서 맞서겠는가?"

토행손이 가겠다고 나서자 등선옥도 부친의 원수를 갚으려고 따라가기를 원했다. 부부 두 사람이 진영을 나섰더니 진기가 금정수를 타고 탕마저를 들고서 쏜살같이 군진 앞으로 달려왔다.

토행손이 진기에게 욕을 해댔다.

"네놈이 좌도의 사악한 술수로 내 장인어른을 죽였으니 함께 같은 하늘 밑에서 살 수 없도다! 오늘 특별히 원수를 갚고자 네놈을 잡으러 왔노라!"

진기가 보니 토행손이 심히 왜소한지라 껄껄 웃으며 말했다.

"보아하니 너처럼 썩은 감자같이 생겨먹은 놈이 장인은 무슨 장인을 찾느냐? 너를 죽이다가 내 손을 더럽힐까 그것이 두렵다!"

금정수를 몰아 탕마저를 휘두르면서 달려들자 토행손이 몽둥이로 급히 막았다. 탕마저와 몽둥이가 맞부딪치면서 몇 합을 싸웠다. 진기는 토행손이 요리조리 잔재주에 능하여 금방 승리할 수 없음을 알고, 급히 탕마저를 한번 흔들자 비호병이 일제히 달려나왔다. 진기는 또한 입을 떡 벌리고서 한 줄기 황기를 내뿜었다. 그러자 토행손은 더 이상 서 있지 못하고 그만 땅에 쓰러지고 말았다. 비호병이 토행손을 잡아갔다.

건너편에 있던 등선옥은 남편이 잡혀가는 것을 보자 오광석五光石을 내쏘아 진기의 주둥이를 명중시켰다. 얻어맞은 진기는 입술이 터지고 이빨이 깨져 "으읙!" 하는 비명을 지르면서 얼굴을 감싼 채 도망쳤다.

진기의 아래턱이 온통 시뻘건 피로 물들었다. 등선옥은 도망가는 진기의 등을 향해 다시 오광석을 발사하여 그의 후심경後心鏡을 박살냈다. 그러거나 말거나 진기는 그저 안장에 엎드린 채 도주할 뿐이었다.

토행손이 눈을 뜨니 온몸이 밧줄로 묶여 있었다. 저절로 웃음이 나왔다.

"이것 참 재미있군!"

진기는 등선옥에게 부상을 당한 채 관으로 패주하여 구인을 만났다. 구인은 진기의 코가 시퍼렇게 멍이 들고 입술이 터지고 도포와 허리띠가 모두 헝클어져 있는 것을 보고 급히 그 이유를 물으니 진기가 대답했다.

"하찮은 놈 하나를 잡으려다가 어떤 계집년의 공격을 미처 막지 못하여 돌에 얼굴을 얻어맞고 다시 등짝을 얻어맞아 이 꼴이 되었습니다."

구인이 그 말을 듣고 노하여 급히 좌우에 명했다.

"주나라 장수를 끌고 오너라!"

좌우에서 토행손을 섬돌 앞으로 끌고 왔다. 구인은 토행손의 신장이 삼사 척도 안되는 것을 보고 곧장 진기에게 묻기를 "이런 놈을 잡아다가 무얼 하자는 것인가?" 하고는 곧장 좌우에 명했다.

"여러 소리하여 입 아프게 할 것도 없다. 이놈을 끌고 만에 어지간히 쾌차한 진기가 다음날 관을 나가 등선옥의 이름을 부르며 나와서 자웅을 겨루자고 했다.

탐초병이 중군에 보고했다.

"총병께 아룁니다. 진기가 싸움을 청합니다."

정륜이 나서며 자기가 나가겠다고 했다.

"그대가 군량을 수송하는 일도 중요한 일이오. 본래 적을 격파하는 임무를 그대는 부여받지 않았으니, 강 승상께 죄를 짓게 될까 걱정스럽소."

"모두 조정을 위해서 하는 일인데 무슨 해가 되겠습니까?"

황비호는 하는 수 없이 허락했다. 정륜은 금정수에 올라 항마저를 들고서 본부 오아병烏鴉兵 3천을 거느리고 진영을 나갔다. 그랬더니 진기도 금정수를 타고 탕마저를 들고 한 부대의 인마를 거느리고 왔는데, 모두 황색 옷을 입고 갈고리와 밧줄을 들고 있었다. 정륜은 마음속으로 의심하면서 군진 앞으로 가서 외쳤다.

"거기 오는 자는 누구냐?"

"나는 독량상장군 진기다. 너는 누구냐?"

"나는 삼운총독관 정륜이다. 듣자 하니 너에게 신기한 도술이 있다기에 오늘 특별히 너를 만나러 왔노라."

정륜이 금정수를 몰아 항마저를 휘두르면서 돌격하

자, 진기는 탕마저로 이를 막았다. 두 금정수가 맞붙어 한바탕 접전이 벌어졌다.

두 장수는 용호상박의 대접전을 벌였다. 한 사람은 사납게 두 눈을 부라리고 다른 한 사람은 어금니를 힘주어 앙다물었다. 토행손은 나타와 함께 군영 밖으로 나가 두 장수의 싸움을 지켜보았다. 황비호도 여러 장수들과 함께 기문 아래에서 그들을 지켜보고 있었다.

정륜은 한창 싸우다가 스스로 생각했다.

'이 사람이 진정 이러한 술법을 갖고 있으니 아무래도 선수를 치는 것이 좋겠다.'

정륜이 항마저를 공중에서 한번 흔들자 그의 오아병들이 긴 뱀처럼 대오를 갖추고 몰려왔다. 이를 보고 진기도 탕마저를 흔드니 그의 비호병이 갈고리와 밧줄을 들고서 몰려왔다.

바야흐로 형哼·합哈 두 장수가 서로 만나 자웅을 겨루는 찰나였다.

정륜이 콧속에서 두 줄기 백광을 내뿜자, 진기도 입 속에서 황기를 내뿜었다. 두 사람이 모두 서로의 광과 기에 버텨내지 못했다. 진기는 금관을 떨어뜨린 채 곤두박질쳤고, 정륜은 갑옷이 헝클어진 채 안장에서 떨어졌다. 양쪽 병사들은 감히 상대방을 잡지 못하고 각자 자기네

주장만을 빼내 군영으로 돌아갔다.

정륜은 그의 오아병이 데려가고 진기는 그의 비호병이 데려가서 각자 금정수에 올라 진영으로 돌아갔다. 이 모습을 보던 토행손과 여러 장수들은 허리가 휘어질 정도로 웃느라 정신이 없었다.

"두 사람이 사이좋은 형제가 아니고서야 어찌 이런 일이 있을 수 있는가?"

정륜이 머쓱한 얼굴로 꾸짖었다.

"장수들은 남의 실수를 비웃지들 마시오."

정륜이 말은 그렇게 했지만 결코 실수가 아니라는 것은 그 스스로가 더 잘 알고 있었기에 돌아서서 탄식했다.

'세상에 이러한 이인이 또 있었다니! 내일 반드시 다시 자웅을 겨루어 가만두지 않으리라.'

진기 또한 비호병의 부축을 받으며 관으로 돌아가며 생각했다.

'참으로 괴상한 놈이로구나! 그러나 내일은 반드시 승부를 가려 이 수모를 씻으리라!'

진기는 구인을 만나 일어난 일을 다 말했다. 이때 구인은 가몽관이 이미 점령당했다는 소식을 듣고 마음이 몹시 불안하던 터라 참으로 기분이 좋지 않았다.

'가몽관마저 무너졌는데 진기 또한 만만치 않은 상대

를 만났으니 실로 어려운 지경이로다.'

다음날 정륜이 관 아래에 와서 싸움을 걸자, 다시 진기가 금정수에 올라 관을 나서며 말했다.

"정륜! 대장부라면 한 마디 말이라도 반드시 지켜야 하니 이제부터는 술법을 쓰지 말고 각자 그 동안 쌓은 무예로 겨루어보자. 너나 나나 좀처럼 만나기 힘든 사이가 아니냐?"

정륜도 약속했다. 각자 금정수를 몰아 다시 하루 동안 꼬박 싸웠으나 신발이 두 짝이듯 호각이라 승부를 가리지 못했다.

정륜이 돌아오자 나타가 말했다.

"지금과 같은 식으로 싸우다가는 승상의 명을 거스르기가 십상이오. 지금 토행손이 여기에 있으니 오늘밤 우리가 먼저 관으로 들어가 수문군사들을 처치하고 관문을 엽시다. 야밤에 그들의 무방비를 틈타 관을 탈취하는 것이 상책입니다."

황비호가 말했다.

"그것도 하나의 계책이오. 모두 선행관의 말에 따르겠소."

한편 구인은 관 안에서 조가朝歌에 보낼 표문을 작성했는데, 그 내용은 함께 관을 수비하여 주나라 병사를 막을 장수를 파견해 달라는 것이었다.

어느덧 시간이 초경이 되자 토행손은 먼저 관으로 숨어들어 아무도 모르게 감옥 안에서 황천록과 태란을 풀어줄 준비를 했다. 드디어 2경이 되자 나타는 풍화륜에 오른 채 관으로 날아들었다. 그는 성루에서 벽돌 하나를 집어던져 수문장을 처치한 뒤에 마침내 관문을 들이받아 열었다.

그와 동시에 주나라 병사들이 일제히 함성을 지르면서 성 안으로 돌진했다. 꽹과리와 북을 크게 울리자 천지가 뒤집어지는 듯 성 안이 아수라장이 되었고, 병사들은 도망가느라 정신을 못 차렸다. 그 틈에 감옥 안에 있던 토행손은 황천록과 태란을 풀어주고 본부本府에서 뛰어나왔다.

구인은 그때까지 잠들지 못하고 있다가 황급히 말에 올라 나가보니 무수한 등불이며 횃불 그림자 속에서 황금빛 갑옷과 붉은 도포자락이 보였다. 다름 아닌 무성왕 황비호였다. 나타는 풍화륜을 타고 창을 휘두르면서 돌진했다. 등수鄧秀·조승趙升·손염홍孫焰紅은 구인을 가운데로 몰아 포위했다. 정륜은 성 안으로 돌진하여 진기를 만나 두 장수가 야밤인데도 다시 격돌했다.

정륜이 말했다.

"징그러운 놈, 이제야 네놈의 목을 베리라!"

진기가 말을 받았다.

"누가 할 소리! 낮에 가리지 못한 승부를 반드시 가리겠다."

둘은 서로 뒤엉켜 싸웠다. 황천록은 뒤쪽에서부터 공격해 나왔다. 토행손은 빈철곤賓鐵棍을 끌고서 구인의 말 아래로 들어가 냅다 올려쳤다. 상삼로上三路에서는 나타의 창이, 중삼로中三路에서는 황명黃明과 주기周紀의 도끼가, 하삼로下三路에서는 토행손의 쇠몽둥이가 공격했다.

구인이 미처 방비하지 못하고 있을 때, 토행손이 몽둥이로 말의 급소를 가격하자 말이 앞으로 고꾸라지면서 구인을 내팽개쳤다. 황비호가 이것을 보고 급히 창을 거머쥐고 구인의 등을 향해 찔렀다.

그러나 구인은 이미 토둔법으로 도망친 뒤였다. 구인의 생사는 이미 정해졌지만 이 관에서 절명할 운명은 아니었던 것이다.

한편 서기의 여러 장수들은 정륜이 진기와 쉽게 자웅을 가리지 못하는 것을 보고, 저마다 달려와 진기를 포위했다. 그때 나타가 건곤권을 던져 진기의 어깨를 가격하여 부상을 입혔다. 진기가 한 쪽으로 피하는 틈에 황비호가 그의 옆구리를 깊숙이 창으로 찔렀다. 금정수에서 떨어뜨리니 진기는 비명에 죽고 말았다.

이렇게 하여 청룡관도 자아군의 수중에 들어오게 되었다.

날이 밝아오자 황비호는 병사를 불러모아 점검했다. 한편으로 방을 내걸어 백성들을 안심시키고 호구장부를 자세히 조사하게 한 뒤에 장수 한 명을 남겨 관문을 지키게 했다. 황비호가 회군하기에 앞서 나타에게 승전보를 알리러 먼저 떠나보냈고, 토행손은 군량미를 수송하러 떠났다.

자아가 중군에서 장수들과 함께 육도삼략六韜三略을 강론하고 있을 때 보고가 들어왔다.

"원수님, 나타가 명을 기다리고 있습니다."

"빨리 들라 하라."

나타가 중군에 이르러 청룡관을 점령한 일을 자세히 아뢰었다. 자아가 크게 기뻐하며 장수들을 돌아보며 말했다.

"내가 이 두 관을 먼저 차지하려 했던 것은 우리의 보급로를 뚫고자 함이었소. 만약에 성공하지 못했다면 천병이 우리의 보급로를 차단하여 앞으로 전진할 수도 없고 뒤로 후퇴할 수도 없게 되어 우리는 앞뒤로 협공을 당할 뻔했소. 그러니 이는 승전할 수 있는 방도가 아니오. 장수라면 먼저 이러한 상황을 잘 살펴야 할 것이오. 지금 다행히도 두 관을 모두 얻었으니 큰 걱정을 덜게 되었소."

장수들이 말했다.

"원수의 오묘하신 책략은 실로 뛰어나십니다!"

한창 담론하고 있을 때 좌우에서 보고했다.

"황비호 장군이 명을 기다립니다."

"드시라 하라."

황비호가 중군에 이르러 예를 올렸다. 자아는 황비호의 공을 치하했으나, 등구공과 황천상이 앞에 보이지 않았으므로 심히 괴로워 탄식했다.

"충성과 용맹을 겸비한 장수들이었는데 왕의 복록을 같이 누리지도 못하고 승천했으니 참으로 애석하도다! 훗날 두 장수의 공을 기릴 때가 반드시 오리라!"

황비호가 고개 숙여 감사를 드렸다.

다음날 자아는 신갑을 사수관으로 보내 먼저 선전포고문을 전하게 했다.

사수관의 한영은 자아가 군대를 주둔한 채 가몽과 청룡 두 관을 점령하러 병사를 나누는 것을 보고는 부하들을 보내 속히 정보를 알아오게 했다. 명을 받고 떠난 군사들이 돌아와 보고했다.

"두 관이 이미 적의 수중에 떨어졌습니다."

보고를 들은 한영은 경악해 마지않았다.

"지금 서주에서 이미 두 관을 점령하여 군위를 떨치고 있다. 황도로 가는 이곳을 모름지기 힘을 다해 지켜야 할 것이다."

장수들이 각자 분발하고 죽음으로써 싸울 것을 각오했다. 한참 의논하고 있을 때 보고가 들어왔다.

"강 원수가 보낸 사신이 포고문을 갖고 왔습니다."

"들라 하라."

신갑이 전 앞에 이르러 문서를 바쳤다. 한영이 그것을 받아 펼쳐보았다.

하늘을 받들어 정벌나선 서주의 천보대원수 강상은 사수관의 주장휘하에 문서를 보내오 일찍이 듣건대 천명은 한곳에만 있지 아니하여 오직 덕있는 자만이 하늘의 돌보심을 얻을 수 있다 했소 지금 천자 수(受)는 음탕하고 포악하게도 백성들을 학대하여, 위로는 하늘이 근심하고 아래로는 백성들이 원망하고 있소 또한 사해가 나뉘고 무너져 제후들이 반란하고 민생이 도탄에서 허덕이고 있소 오직 우리 주나라 무왕께서 특별히 하늘의 벌을 삼가 받들어 행하시니, 민심이 이를 따라 순종하고 강폭한 자들이 고개를 숙이고 복종하고 있소. 그런데도 가몽과 청룡 두 관이 천명을 거역하다가 이미 모든 장수가 목 잘리고 깃발이 찢겼으며 그곳의 만백성이 귀순했소. 지금 대병이 이곳에 당도하여 특별히 문서를 보내 알리니, 싸우든 항복하든 현명한 결정을 내려 스스로 나락에 떨어지지 말도록 하시오.

한영이 다 보고 나더니 즉시 회답했다.
"내일 전쟁을 치르겠소."
신갑이 회답문을 가지고 군영으로 돌아와 말했다.
"명을 받들어 문서를 전했더니 내일 싸우겠다고 회답했습니다."

자아는 밤새껏 군사를 정돈했다. 다음날 자아의 대군영에서 포성을 울리며 대부대가 관 아래에 이르러 싸움을 걸었다. 한영은 급히 인마를 점검하고 포성을 울린 뒤 함성과 함께 관을 나갔다. 좌우에는 대소 장수들이 늘어섰다.

한영이 말 위에서 보니 자아의 호령은 삼엄하기 이를 데 없었다. 또한 장수들도 한결같이 위무가 당당했다. 자아는 동정길에 나선 이래 30차례 대전을 치르게 되니, 바야흐로 사수관의 싸움이 그 첫번째이다.

한영이 말 위에서 자아를 보고 소리쳤다.

"강 원수, 어서 오시오! '온 나라 경계 안의 사람은 모두 왕의 신하'라고 했는데, 원수는 어찌하여 명분도 없는 군사를 움직여 하극상의 작태를 보이시오? 이미 기꺼이 은나라의 역신이 되었으니 역도를 그냥 둘 수는 없소!"

자아가 웃으며 말했다.

"장군의 말씀은 틀렸소이다. 임금이 바르면 왕위에 거할 수 있지만 임금이 바르지 못하면 일개 백성으로도 살 수가 없소. 내 이미 포고문에서 밝혔듯이 이것은 천명이니 어찌 천명이 한 곳에만 있을 수 있겠소? 오직 덕 있는 자만이 임금노릇을 할 수 있는 법이오. 옛날 하나라 걸왕이 포학했기에 성탕께서 정벌하여 천하를 차지하셨소. 지금 천자의 죄는 걸왕보다 지나쳐서 천하의 제후가 반란하고 있소. 그래서 우리 주나라가 특별히 하늘의 형벌을 받들어 죄있는 자를 토벌하고자 하는 것이오. 어찌 감히 천명을 거역할 수 있겠소? 지금 주나라를 거역하는 것은 곧 천명을 거역하는 것과 같소."

한영이 대노하여 말했다.

"자아! 나는 당신이 고매한 선비인 줄로 알았는데, 이제 보니 요망한 말로 군중을 미혹시키는 사람에 지나지 않는도다! 그대가 뛰어난 재주가 있기로서니 감히 어찌 이리 큰소리를 치는가! 여봐라, 어느 장수가 저 자를 잡아오겠느냐?"

옆에 있던 선행관 왕호王虎가 말을 달려 나갔다. 그때 나타가 풍화륜에 올라 급히 막아섰다. 양편에서 함성이 그치지 않았고 북과 호각이 천지를 울렸다. 불과 몇 합 붙지 않아서 나타가 용맹을 떨쳐 한 창으로 왕호를 찔러 말 아래로 떨어뜨렸다.

나타의 승리를 보던 위분魏賁이 말에 박차를 가하여 창을 휘두르며 나아가 한영에게 달려들었다. 한영은 갈래창을 들어 가로막았다. 위분의 창법은 맹호와도 같았다. 한영은 먼저 왕호가 당한 것을 보고 마음이 이미 조급해져서 더 이상 싸울 생각이 없어졌다.

그때 자아가 군사를 이끌고 짓쳐들었다. 한영은 도저히 막아낼 수가 없어 부득이 관으로 패주하여 들어갔다. 자아는 승리를 얻고 군영으로 돌아갔다.

관으로 돌아온 한영은 다시 조가에 화급함을 고하는 표문을 짓는 한편 관을 수비할 계책을 세웠다. 한창 긴급할 때 문득 보고가 들어왔다.

"칠수장군七首將軍 여화余化가 명을 기다립니다."

한영은 여화가 왔다는 말을 듣자 천군을 얻은 듯 어서 들어오라고 명했다. 여화가 전 앞에 이르러 예를 마치자 한영이 말했다.

"장군이 황비호에게 패전하고 떠난 뒤 어느덧 수년이 흘렀소. 그 자가 이제 기력을 양성하고 지금 강상과 한패거리가 되어 세 길로 군사를 나누더니 가몽관과 청룡관을 탈취해 버렸소. 모두 서주의 영역이 될 줄이야 어찌 알았겠소? 우리 또한 어제 싸웠으나 승리하지 못했으니 어찌하면 좋겠소?"

여화는 황비호가 반역하고 도망갈 때 사수관의 장수였다. 그때 황비호 일가를 모두 포로로 잡았으나 태을진인이 제자 나타를 보내 구해 준 일이 있었다.

"소장은 그때 나타에게 부상당한 뒤 봉래산으로 돌아가 저의 사존을 뵙고 하나의 보기寶器를 단련했으니, 지난날의 원수에게 복수할 수 있을 겁니다. 설사 서주에 천만 명의 장수가 있다 한들 무엇이 두렵겠습니까? 한 명도 살아 돌아가지 못할 것입니다."

한영은 이 말을 듣고 크게 기뻐하면서 주연을 베풀어 그를 환대했다. 다음날 여화는 서주군영으로 가서 싸움을 걸었다.

자아가 물었다.

"누가 나가서 대적하겠는가?"

나타가 나서며 싸우러 가겠다고 했다. 나타는 말을 마치고 풍화륜에 올라 군영을 나섰다. 접전장에서 마주

친 장수는 곧 여화였다. 그를 보자마자 나타는 곧 알아보고 소리쳤다.

"여화는 목숨을 재촉하지 말라!"

여화는 지난날의 원수인 나타를 보자마자 얼굴을 붉히면서 곧장 금정수를 몰아 공격했다. 나타의 창이 막아서며 30여 합을 싸웠는데, 태을진인이 전수해 준 나타의 창술은 실로 변화무쌍하여 여화로서는 적수가 되지 못했다. 그러자 여화는 '화혈신도化血神刀'라고 하는 칼을 빼어들더니 술법을 부렸는데, 그것은 마치 한 줄기 전광電光과 같은 것으로 그 칼에 스치기만 해도 그 자리에서 즉사하게 마련이었다.

여화가 화혈도를 던졌는데 그 행동이 너무나 빨라 나타는 미처 피하지 못하고 그만 칼에 찔리고 말았다. 대저 나타는 연꽃의 화신으로 온몸이 모두 연꽃으로 되어 있었기에 피와 살로 되어 있는 보통 사람의 몸과는 달랐다. 그런 까닭에 다행히 즉사하지는 않았으니 불행 중 다행이었다.

부상당한 나타는 비명을 지르면서 군영으로 패주해 돌아와 대군영에 들어서자마자 굴러 떨어졌다.

나타는 칼에 맞은 상처 때문에 몸을 떨 뿐 아무 말도 하지 못했다. 기문관이 보고하자 자아가 그를 떠메고 오라 명했다.

    자아가 "나타야, 나타야!" 하고 불렀으나 나타는 대답조차 하지 못했다. 자아의 마음은 천길 나락 위에 있는 듯했다.

75

土行孫盜騎陷身

토행손이 오운타를 훔치려다 함정에 빠지다

한 판 승리를 거둔 여화는 기고만장하여 진영으로 돌아갔다가 다음날 다시 와서 싸움을 걸었다. 연락병이 중군에 보고하자 자아가 물었다.

"누가 나가서 대적하겠는가?"

뇌진자가 나섰다. 몽둥이를 움켜쥐고 군영을 나간 그가 여화를 보니, 황색 얼굴에 붉은 수염을 했으며 매우 흉측한 몰골이었다.

뇌진자가 물었다.

"거기 와 있는 자가 여화인가?"

여화가 다짜고짜 욕을 해댔다.

"나라를 배반한 역적놈! 너는 나도 못 알아보느냐!"

대노한 뇌진자가 두 날개로 공중으로 날아올라 황금곤黃金棍을 내리쳤다. 여화는 갈래창으로 급히 막았다. 한 사람은 공중에서 힘을 발휘하고 한 사람은 금정수金睛獸 위에서 무위를 떨쳤다.

뇌진자가 내리치는 황금곤은 태산처럼 위력이 대단했다. 위쪽을 바라고 싸우느라 힘이 들었던 여화는 대충 몇 합을 싸운 뒤에 급히 화혈도를 들어 뇌진자의 풍뢰시를 베었다. 다행히 풍뢰시는 본래 두 개의 선행仙杏이 변하여 된 것이었다. 까닭에 화혈도에 맞긴 했으나 뇌진자는 목숨을 잃지는 않았다.

땅에 떨어진 뇌진자는 군영으로 패주하여 자아 앞에 이르렀다. 자아는 뇌진자가 부상당한 것을 보자 또한 마음이 괴로웠다.

다음날 초병이 중군에 알렸다.

"여화가 싸움을 청합니다."

자아가 말했다.

"누가 나가 대적하겠는가?"

그러나 아무도 선뜻 나서지 못했다. 자아가 노하여 말했다.

"그만두어라! 연거푸 두 장수가 부상당한 것을 보더니 모두 사지가 오그라진 듯이 말을 하지 못하는구나. 그저 몸만 떨고만 있으니 이러고도 어찌 동정에 나선 천군이라 할 수 있겠는가? 할 수 없다. 잠시 면전패免戰牌를 내걸어라."

좌우의 장수들이 더욱 부끄러워 고개를 조아렸다. 명을 받은 군정관이 즉시 면전패를 내걸었다. 여화는 이를 보고 한바탕 코웃음을 치더니 북을 울리며 진영으로 돌아갔다.

다음날 독량관 양전楊戩이 대군영 밖에 이르렀다가 '면전' 두 글자가 걸려 있는 것을 보았다.

'3월 15일에 장수임명식을 치른 뒤 근 열 달이 지났는데, 지금 아직도 이곳에 머물면서 은나라의 한 자락 자투리땅도 차지하지 못한 채 그저 면전패나 내걸고 있다니!'

양전은 마음에 심한 의혹이 생겼다.

'일단 원수님을 뵙고 방법을 강구해야겠다.'

절차를 마치고 군막에 든 양전이 자아에게 아뢰었다.

"제자가 군수품을 기한에 어기지 않고 수송해 왔으니 이후의 일을 하명하소서."

"군량은 풍족하나 싸움은 여의치 않으니 어쩌면 좋겠는가?"

"사숙께서는 면전패를 거두십시오. 제자가 내일 출병하여 실정을 알아보고 나서 처리하겠나이다."

자아가 중군에 머물며 장수들과 논의하고 있을 때 좌우에서 보고했다.

"어떤 도동이 찾아왔습니다."

"들이라."

잠시 뒤 한 도동이 군막 앞에 이르러 땅에 엎드려 절을 올리며 말했다.

"제자는 건원산乾元山 금광동金光洞 태을진인의 문하 금하입니다. 사형 나타가 횡액을 당했기로 사부께서 제자에게 명하여 그를 업고 산으로 와서 치료하게 하라 하셨습니다."

자아가 기뻐하며 즉시 나타를 금하동자에게 인계하자 동자가 나타를 업고 건원산으로 떠났다.

다음날 사수관 초병이 관으로 들어가 보고했다.

"주나라 군영에서 이미 면전패를 거두었습니다."

보고를 듣자마자 여화는 금정수를 타고 서주군영 앞에 이르러 싸움을 걸었다.

자아진영의 초병도 보고했다.

"관에서 나온 장수가 싸움을 청합니다."

양전이 명을 받들어 군례를 올리고 급히 삼첨도三尖刀

를 들고 나갔다. 여화의 모습을 보니 바로 좌도의 사술邪術을 부리는 자였다.

양전이 소리쳤다.

"거기 있는 자가 여화인가?"

"그렇다. 네놈 이름은?"

"나는 강 원수의 사질師姪인 양전이다."

양전이 말을 몰아 삼첨도를 휘두르며 달려들자 한바탕 접전이 벌어졌다. 20여 합쯤 싸웠을 때 여화가 역시 화혈도를 전광처럼 날렸다. 양전은 재빨리 팔구원공八九元功을 활용하여 몸에서 혼백을 빼낸 뒤 왼쪽 어깨로 칼을 맞았다.

비명을 지르면서 군영으로 돌아왔으나 이는 양전의 계략이었다. 그는 싸움에 나서기 전 뇌진자의 상처에서 검은 피가 흐르는 것을 보고 여화가 독물을 쓴다는 것을 알았다. 그런 까닭에 일부러 칼을 맞았던 것이다.

양전이 상처에 무슨 독물이 묻었는지 살피는 것을 보고 자아가 물었다.

"여화를 만난 일은 어찌되었는가?"

"제자는 그의 화혈도가 대단한 것을 보고 사부님의 도술을 빌어 혼백을 빼낸 뒤 왼쪽 어깨로 그의 칼을 맞아 살피고 있으나 도대체 무슨 독물을 썼는지 알 수가 없습니다. 아무래도 제자가 옥천산 금하동을 한번 다녀와야 겠습니다."

자아가 허락했다. 양전이 토둔법으로 옥천산 금하동에 이르러 사부를 뵙고 배알을 마치자 옥정진인玉鼎眞人이 물었다.

"양전아, 무슨 일로 여기에 왔느냐?"

"제자는 사숙 강상과 함께 사수관에 진격하여 수관장守關將 여화라는 자와 대적했습니다. 그런데 그 자에게는 칼이 하나 있는데 무슨 독물을 썼는지 모르겠습니다. 먼저 접전을 벌이다 상처를 입은 뇌진자는 말도 하지 못하고 그저 오들오들 떨고만 있습니다. 제자도 그의 칼에 맞았으나 다행히 사부님의 현공玄功덕택에 중상은 입지 않았습니다. 그러나 그것이 과연 무슨 독물인지는 모르겠나이다."

옥정진인이 황급히 양전의 어깨에 난 칼자국을 보더니 말했다.

"이것은 바로 화혈도에 의한 상처다. 그 칼에 맞으면 피를 흘리며 즉사하는데, 다행히 뇌진자는 두 개의 선행仙杏으로 된 날개에 맞았고 너 또한 현공이 있었기 때문에 이 정도에서 그친 것이다. 그렇지 않았다면 모두 살아남지 못했을 것이니라."

양전이 놀라면서 황망히 물었다.

"이것은 어떤 도술로 해결할 수 있습니까?"

"이 독은 나도 해독시킬 수가 없다. 화혈도는 바로 봉래도의 일기선—氣仙 여원余元의 보물이다. 단련할 당시 화로 속에서 세 알의 신단과 함께 단련한 것이니, 이 독을 없애려면 그 단약이 아니면 불가능하니라."

옥정진인이 한동안 생각에 잠겼다가 말했다.

"이 일은 네가 아니면 안되겠구나."

옥정진인이 다시 양전의 귀에 대고 하나의 계책을 일러주었다. 양전이 듣고 사부의 말씀에 따라 기쁜 마음으로 봉래도로 갔다.

양전이 토둔법으로 봉래도에 당도하니 앞에 동해가 보였다. 얼마나 훌륭한 섬인지 그 기이한 경치와 꽃들은 다 볼 수가 없을 지경이었다. 바다에는 잔잔한 파도가 찰싹대고 산언덕은 비단을 포개놓은 듯하여, 이른바 봉래도의 경치는 하늘의 궁궐과 다름없다고 한 그대로였다.

양전은 봉래도의 경치를 훑어본 다음 스승이 일러준 계책대로 팔구원공을 써서 칠수장군 여화로 변신했다. 양전은 봉래도로 들어가서 일기선 여원 앞에 이르러 땅에 엎드려 절을 올렸다.

여원은 여화가 온 것을 보고 물었다.

"너는 무슨 일로 왔느냐?"

"제자가 사부님의 명을 받고 사수관으로 가서 한 총병을 도와 관을 지키고 있었는데, 역시 강상의 군대가 쳐들어 왔습니다. 제자는 첫 싸움에서 나타에게 상처를 입혔고 두번째 싸움에서는 뇌진자에게 상처를 입혔습니다. 그런데 세번째 싸움에서는 자아의 사질이라는 양전을 만나 칼로 찔렀으나, 그가 손가락을 한 번 겨누자 도리어 칼이 되돌아와 제자의 어깨를 찌르고 말았습니다. 사부님께 청하오니 저를 구해 주소서."

"어떻게 그런 일이 있을 수가! 그 자가 무슨 능력이 있기에 감히 나의 보도寶刀를 되돌릴 수 있단 말인가? 그 화혈신도는 단련할 당시 화로 속에서 물과 불을 나누고 음양을 안배하여 세 알의 단약을 함께 정련했는데, 무릇 그 칼에 맞아서 난 상처는 오직 이 단약만이 치료할 수 있느니라. 지금 이 단약을 이곳에 두어도 나에겐 쓸모가 없으니 네가 가지고 가서 근심이 없도록 준비하라."

여원이 마침내 단약을 여화에게 넘겨주었다. 여화는 머리를 조아리며 말했다.

"사부님의 천은에 감사드리나이다."

급히 동부를 떠났다. 참으로 양전의 현공玄功변화는 오묘함의 지극한 상태라 할 것이었다.

한편 일기선 여원은 단약을 모두 여화에게 주고 나서 가만히 생각해 보았다. 문득 한 가지 의혹이 일었다.

'양전이 무슨 대단한 능력을 가졌기에 나의 화혈도를 되돌릴 수 있단 말인가? 또한 만약 여화가 칼에 맞았다면 그가 어떻게 여기까지 올 수 있었겠는가? 칼에 맞자마자 피를 흘리며 즉사했을 텐데. 여기에는 반드시 무슨 곡절이 있을 것이다.'

여원이 손가락을 짚어 점을 쳐보더니 "악!" 소리를 질렀다.

"이런 망할 놈의 양전! 감히 현공변화로 단약을 훔쳐 나를 이토록 능멸하다니!"

여원이 대노하며 금안타에 올라 양전을 쫓았다. 양전이 한참 가고 있을 때 뒤에서 누가 쫓아오는 바람소리를 들었다. 양전은 이미 여원이 쫓아오는 줄을 알고서 급히 단약을 주머니 속에 넣고 몰래 효천견을 공중에 풀어놓았다. 여원은 막기 어려운 함정이 있는 줄도 모르고 그저 화가 치솟아 양전만을 쫓았다.

여원은 마침내 효천견에게 목을 물리고 말았다. 그 개는 강철검과 같은 이빨로 여원의 살점을 물어뜯었던 것이다. 이러한 기습을 미처 막지 못하여 여원의 대홍백학의大紅白鶴衣는 핏물에 젖고 말았다. 그는 크게 놀라 더 이상 앞으로 나가지 못하고 소리쳤다.

"내 지금은 돌아간다만 다시 준비하여 반드시 이 원수를 갚으리라."

양전은 그저 피식 웃으며 달아날 뿐이었다.

그 즈음 자아는 군영에서는 한참 답답해 하고 있었다. 그때 시위가 말을 개어올렸다.

"양전이 대령했습니다."

"들라 하라."

양전이 군막 앞에 이르러 자아를 뵙고 지난 일을 자세히 설명했다.

자아가 크게 기뻐하며 급히 단약으로 뇌진자를 구하게 했다. 또한 목타를 보내 건원산으로 가서 나타를 치료하도록 했다.

다음날 양전이 관 아래에 이르러 싸움을 걸자 정탐병이 원수부에 들어가 보고했다.

"서주진영에서 온 장수가 싸움을 청합니다."

한영이 황급히 여화에게 출전하라 명했다. 여화가 금정수에 올라 갈래창을 꼬나쥐고 관을 나가자 양전이 소리쳤다.

"여화야, 전날 네놈이 화혈도로 나를 다치게 했다만 다행히 나에게는 연단한 단약이 있었다. 만약 단약이 없었다면 네놈의 간교한 계략에 걸려들 뻔했구나."

이 말을 듣고 여화는 곰곰이 생각했다.

'단약은 칼을 만들 때 같은 화로에서 나온 것인데 어찌 저쪽 진영에도 그것이 있을 수 있단 말인가? 만약에 정말로 그 단약이 있다면 이 화혈도는 아무 쓸모도 없다.'

생각은 그러했지만 여화는 물러설 수가 없어 할 수 없이 금정수를 몰고 나와 30여 합을 싸웠다. 이러고 있을 때, 단약으로 완쾌된 뇌진자가 노기충천 진영을 튀어나와 큰소리로 외쳤다.

"여화 이놈! 네놈이 그 사악한 칼로 나를 해쳤겠다! 단약이 없었다면 목숨을 부지하지 못할 뻔했도다. 도망치지 말라! 몽둥이로 네놈의 대갈통을 깨트려 내 원한을 씻으리라!"

뇌진자가 황금곤을 거머쥐고 곧장 달려들자 여화가 갈래창을 들어 막았다. 양전은 삼첨도로 공격했다. 여화는 뇌진자가 내리치는 황금곤을 보고 몸을 피했으나, 그 황금곤이 금정수를 명중하여 날뛰는 바람에 그만 땅에 고꾸라지고 말았다. 그때 양전이 재빨리 삼첨도를 날려 여화의 목을 끊었다. 한 줄기 붉은 피가 치솟았다.

양전은 여화의 목을 벤 뒤 승전고를 울리며 돌아간 반면 한영은 여화가 전사했다는 보고에 크게 놀랐다.

'이 일을 어쩌면 좋단 말인가! 며칠 전에 사자를 조가로 보냈으나 칙명이 아직 떨어지지도 않았고, 이젠 이 관을 함께 지킬 사람조차 없으니 어쩌면 좋단 말인가!'

한영이 한참 고심하고 있을 때, 여원이 금정오운타金睛五雲駝를 타고 관에 당도하여 수문관에게 통보하라 했다. 여러 군관들이 여원의 흉악함을 보고 급히 보고하자 한영이 진중히 모시도록 했다.

여원이 원수부로 들어오자 한영이 그를 영접했다. 그의 생김새를 보니, 짙푸른 얼굴에 붉은 머리카락과 날카로운 이빨을 하고 1장 7·8척이나 되는 커다란 키에 위풍도 당당했다. 또한 두 눈에서는 흉광兇光이 뿜어나왔다.

한영은 섬돌을 내려가 영접하면서 깍듯이 '스승'이라 부르며 은안전에 오르도록 청했다. 한영이 절을 올리며 물었다.

"스승께서는 어느 명산 어느 동부에 계신지요?"

"양전이라는 놈이 나를 깔보고 단약을 훔쳐가더니 이젠 제자 여화까지 죽였소그려. 빈도는 봉래도 일기선의 여원인데, 그 원수를 갚으려고 지금 특별히 하산했소."

한영이 듣던 중 반가운 소리라 크게 기뻐하며 술자리를 마련하여 환대했다.

다음날 여원이 오운타를 타고 관을 나갔다. 그는 서

주 대군영 앞에 이르러 자아의 이름을 부르며 나오라고 했다. 탐초병이 중군에 알렸다.

"사수관 쪽에서 한 도인이 와서 원수님을 나오라 합니다."

자아가 곧장 명을 내렸다.

"대오를 정비하여 출진하라."

좌우로 오악五岳의 장수들이 늘어선 가운데 자아가 앞장섰다. 앞에 한 도인이 보였는데 생김새가 너무나 흉측했다. 그는 금으로 도색한 어미관을 쓰고 대홍포를 걸쳤는데, 짙푸른 얼굴에 날카로운 이빨, 붉은 수염과 머리카락이 기괴한 생김새를 더해 주고 있었다.

자아는 그가 바로 일기선 여원임을 알았다. 군진 앞에 이르러 말했다.

"도인, 어서 오시오."

"자아, 당신의 양전에게 나오라 하시오."

"양전은 군량을 싣고 떠나 지금 군영에 없소. 도인, 당신은 봉래도에 있으면서도 어찌 하늘의 뜻을 모르시오? 지금 성탕의 사직이 6백여 년 동안 이어져 왔으나, 무도한 천자에 이르러 천명을 내팽개치고 패악을 저질러 죄가 가득하오. 그러니 하늘이 분노하고 만백성이 원망하여 천하가 반란하고 있소. 반면에 우리 주나라는 하늘과 인민의 뜻에 순응하여 천도를 닦으므로 천하가 속속 주나라로 귀속하고 있소. 그래서 지금 하늘의 뜻을 삼가 받들어 은나라에서 정치를 살피고자 하는데, 도인은 어찌하여 하늘의 사신을 가로막아 스스로 멸망을 자초하려는 것이오? 도인, 당신은 여화를 비롯한 여러 사람이 모두 비명에 죽어간 소식을 듣지도 못했소? 그들이 설령 뛰어난 도술이 있다 해도 어찌 천명을 되돌릴 수 있겠소!"

이 말에 여원이 대노하여 말했다.

"그대의 말은 모두 교묘한 언변으로 사람을 미혹시키는 수작이로다! 너를 죽이지 못하면 화근이 끊어지지 않으리라!"

여원이 오운타를 몰아 곧장 자아를 공격하자 자아가 칼을 들어 가로막았다. 왼쪽에서는 이정이, 그리고 오른쪽에서는 위호가 각자 병기를 들고 달려나와 싸움을 도왔다. 여원의 보검은 섬광이 번쩍이고, 자아의 검은 색색으로 빛났다. 이정의 칼은 싸늘한 빛이 찬란하고, 위호의 저柞는 살기가 등등했다.

여원은 오운타 위에서 1척 3촌 길이의 금광좌金光銼 쇠끝을 공중에 날려 자아를 공격했다. 자아가 급히 행황기를 펼치자 천 송이나 되는 황금연꽃이 나타나 그의 몸을 보호했다.

여원은 이에 황급히 금광좌를 거두어 다시 이정을 향해 내리쳤다. 그때 자아가 타신편 채찍을 휘둘러 여원의 등을 갈기자, 얻어맞은 여원의 몸에서 삼매진화三昧眞火가 한 길 남짓까지 뿜어져 나왔다. 이정이 다시 여원의 다리를 창으로 찔렀다.

부상당한 여원이 오운타의 이마를 한번 두드리자 오운타가 네 발로 금광을 일으키며 떠나갔다. 자아는 여원이 부상당한 채 도주하는 것을 보고 군사를 거두어 진영으로 돌아왔다.

이때 토행손은 군량을 수송해 오다가 자아가 싸우는 것을 보았는데, 여원의 오운타가 네 발로 금광을 일으키며 떠나는 것을 몰래 엿보고는 크게 기뻐했다.

'내가 저것을 손에 넣는다면 군량을 수송하는 데 정말 편리하겠다.'

토행손이 군막 앞에 이르러 기한을 어기지 않고 정해진 군량을 인계하자 자아가 말했다.

"군량을 수송하느라 수고 많았으니 군막을 나가 잠시 쉬도록 하라."

소식을 듣고 달려온 등선옥이 말했다.

"나타는 여화의 칼에 부상을 입고 건원산으로 상처를 치료하러 갔습니다."

토행손은 등선옥의 손을 꽉 잡고 이런저런 얘기를 나누었다. 밤이 되자 부부는 한 차례 격정의 시간을 보냈다. 이윽고 토행손이 등선옥에게 말했다.

　"내가 아까 여원이 타고 있던 것을 보았는데, 마치 구름을 흩날리듯이 네 발로 금광을 일으키며 떠나갔수. 정말 오묘해, 오묘해! 내가 오늘밤 몰래 숨어들어 훔쳐다가 군량수송 때 타고 다니면 무슨 어려움이 있을까!"

　"비록 그렇기는 하지만 만약 떠나시려면 반드시 원수께 아뢰고 나서 떠나야지 함부로 행동해서는 안됩니다."

　"이런 일까지 원수께 알릴 필요는 없그먼. 그저 금방 갔다오면 되는데 어찌 여러 말을 해서 번거롭게 하겠수."

　마침내 부부끼리 서로 상의를 마쳤다. 2경이 다 되었을 때, 토행손은 몸을 한번 비틀어 곧장 사수관으로 들어갔다. 원수부 안에 이른 토행손이 보니 여원은 묵상에 잠겨 있었다.

　토행손이 땅 밑에서 그를 올려다보니 도인의 눈이 마치 발을 드리운 것처럼 내려다보고 있었으므로 감히 올라가지 못한 채 기다리는 수밖에 없었다.

　여원은 이때 갑자기 마음에 걸리는 것이 있어서 손가락을 짚어 곰곰이 헤아려 보았다. 어떤 놈이 자기의 오운타를 훔치러 온 것을 알게 되었다. 여원이 어이없어 하며 금방 하나의 계책을 꾸몄다.

여원이 숨을 크게 몰아쉬었더니 잠시 뒤에 코고는 소리가 우레처럼 들려왔다. 토행손은 여원의 코고는 소리를 듣고 크게 기뻐하며 뇌까렸다.

'오늘밤은 반드시 성공할 수 있겠구나.'

땅을 뚫고 나와 빈철곤 곤봉을 끌고 가서 보니 처마 밑에 오운타가 묶여 있었다. 토행손은 조용히 고삐를 풀어 붉은 섬돌 아래로 끌고 내려가 조심조심하며 안장을 얹고 나서 오운타에 올라탔다. 그런 다음 빈철곤을 손에 들어 귀 뒤의 급소인 여원의 이문耳門을 향해 내리쳤다.

여원의 몸 일곱 구멍에서 삼매화가 뿜어나왔으나 그는 꼼짝하지 않았다. 깜짝 놀란 토행손이 다시 한번 내리쳤으나 여전히 아무 소리도 나지 않았다.

토행손이 말했다.

"이 고약한 놈, 정말 살가죽이 두껍구나! 내 잠시 돌아갔다가 내일 다시 방법을 강구하리라."

토행손이 오운타에 올라 이마를 한번 두드렸더니 오운타는 네 발로 금빛 구름을 일으키며 공중으로 날아올랐다. 토행손은 마음속으로 몹시 기뻤다. 그러나 막상 오운타는 관 안에서 이리저리 날뛸 뿐 관을 빠져나가지는 않았다. 토행손이 소리쳤다.

"보물아, 어서 빨리 관을 나가자!"

말이 끝나기도 전에 오운타가 땅바닥으로 추락했다. 토행손이 막 오운타에서 내리려 할 때, 어느새 여원이 나타나 토행손의 머리채를 낚아채며 소리쳤다.

"오운타를 훔친 도둑놈을 잡았다!"

이 소리에 온 관의 대소 장수들이 깜짝 놀라 횃불과 등불을 켜들고 나왔다. 한영은 전에 올라 여원이 토행손을 높이 치켜들고 있는 것을 보았다. 한영이 등불 아래에서 보니 난쟁이에 불과한지라 여원에게 말했다.

"스승께서는 그런 자를 잡아다 무얼 하시렵니까? 그냥 놓아주시지요."

"당신은 모르고 있소. 이놈은 지행술에 능통하여 땅에 닿기만 하면 곧 도망가 버리오."

"그럼 장차 그를 어떻게 처리하시렵니까?"

"나의 부들방석 밑에서 자루 하나를 가져와 이 업장業障을 담아 불로 태워야 비로소 화근을 끊을 수 있소."

한영이 자루를 가져와 토행손을 넣고 묶자, 여원이 소리쳤다.

"장작을 가져오라!"

잠시 뒤 장작을 쌓아놓고 여의건곤대如意乾坤袋 포대를 불태웠다.

토행손이 불속에서 비명을 질렀다.

"아이고, 뜨거워 죽겠네!"

여원이 토행손을 불태워 그 명이 경각에 달렸다. 그러나 토행손은 이렇게 죽을 운명은 아니었으니 이 역시 하늘의 운수였다.

갑자기 한바탕 회오리바람이 일며 누군가가 나타나 포대를 낚아채 갔다. 그러나 불속에 그림자가 있는 것을 본 여원은 급히 손가락을 짚어 헤아려 보고 나서 구류손임을 알았다.

"이런 망할 놈의 구류손! 네놈의 제자를 구했으면 됐지 나의 여의건곤대까지 가져가다니! 내일 다시 네놈을 처치하리라."

구류손은 좌선수양을 하고 있던 차에 사존의 급한 명을 받고 종지금광법을 써서 사수관에 왔던 것이다. 구류손이 토행손을 화염 속에서 구해냈지만, 토행손은 안에서 뜨거움을 느끼지 않아 의아해 했으나 그 이유를 몰랐다. 구류손이 주나라 진영에 당도했다. 그날 밤은 남궁괄南宮适이 영외를 순시하고 있었다.

3경이 다 된 시각이었으므로 남궁괄이 물었다.

"어떤 자냐?"

"구류손이오. 왔다고 빨리 자아에게 통보해 주오."

남궁괄이 앞을 내다보고 구류손이라는 것을 알고는 황급히 운판雲板을 두드려 알렸다.

　자아가 황급히 영접하러 나갔더니 구류손이 자루 하나를 들고 진영 앞에 이르러 머리 숙여 인사했다.

　자아가 물었다.

　"이 밤에 도형께서 어인 일로 여기까지 오셨습니까?"

　"토행손에게 화난火難이 있어 그를 구하려고 특별히 왔소이다."

　자아가 크게 놀라 물었다.

　"토행손은 어제 군량을 싣고 막 돌아와 지금 아마 숙소에 있을 터인데, 그러한 재앙이 어떻게 그에게 닥쳤단 말입니까?"

　구류손이 여의건곤대 포대를 열어 토행손을 꺼냈다. 깜짝 놀란 자아가 자세한 사정을 물었다. 토행손이 머뭇거리더니 오운타를 훔치려 했던 일을 쭉 얘기했다.

　다 듣고 난 자아가 대노하여 말했다.

　"네가 그런 일을 하려면 반드시 나에게 알렸어야지 어찌하여 원수의 명을 어기고서 나라를 욕되게 하는 일을 몰래 행했느냐? 지금 당장 군법으로 다스리지 않으면 여러 장수들이 그 잘못을 본받아 장차 군영의 법도가 틀림없이 어지럽게 될 것이다. 토행손을 참수하여 효수하라고 도부수刀斧手에게 전하라!"

구류손이 옆에서 황급히 만류했다.

"토행손이 군법을 어기고서 몰래 관으로 들어가 나라의 체면에 먹칠한 것은 참수당해야 마땅하나, 이미 장수로 삼은 이상 근신하여 공을 세우기를 기다려 봅시다."

이에 자아가 겨우 분을 삭이며 말했다.

"만약 도형께서 만류하지 않았다면 반드시 참수했을 것입니다. 여봐라, 풀어주어라!"

토행손이 사부께 감사드리고 자아에게도 사죄했다. 등선옥이 뜬눈으로 밤을 새웠음은 물론이다. 밤새껏 주나라 진영은 평안하지가 못했다.

다음날 일기선 여원이 관을 나와 서주진영에 이르러 구류손만을 나오라고 소리쳤다.

구류손이 자아에게 말했다.

"그는 다만 건곤대 때문에 왔을 것이오. 나는 그를 만나지 않겠소. 대신 필요하다면 당신이 저 못된 놈을 사로잡아도 될 것이오."

구류손이 자아와 상의를 마쳤다. 자아가 포성을 울리면서 진영을 나서자 여원이 자아를 보고 소리쳤다.

"구류손을 나오라 하시오!"

"도우, 당신은 참으로 천명을 모르고 있소! 도우가 토행손을 태워 죽이려 할 때 그는 도저히 도망칠 수가 없었는데, 그의 사부가 와서 구해 줄 줄을 어찌 알았겠소? 이것이 바로 이른바 '복있는 사람은 천만 가지 계략으로도 해칠 수가 없으나, 복없는 사람은 도랑에 빠져도 목숨을 잃는다'는 것이오. 이 어찌 사람의 힘으로 할 수 있는 바이겠소?"

"교묘한 언변을 늘어놓아 감히 그놈을 변명하다니!"

여원이 오운타를 몰아 공격하자 자아는 사불상을 타고 수중의 검으로 막아냈다. 자아가 여원과 10여 합을 싸웠을 때, 뒤에 있던 구류손이 곤선승을 공중에 던졌다. 그런 다음 황건역사에게 명하여 여원을 끌고 가게 했다. 다만 그가 타고 있던 오운타만 관으로 도망쳤다.

자아는 구류손과 함께 여원을 끌고 중군에 이르자 여원이 말했다.

"강상, 네가 비록 나를 사로잡긴 했으나 나를 무슨 방법으로 처리하겠느냐?"

자아가 이정에게 명했다.

"참수하고 나서 보고하라!"

이정이 명을 받고 그를 대군영 문밖으로 끌고 나가 보검으로 목을 내리쳤으나, 쨍그랑하는 소리와 함께 보검이 두 동강 나고 말았다.

이정이 들어와 자아에게 보고했다.

"명을 받잡고 보검으로 내리쳤으나, 여원은 끄떡없고 도리어 보검만 두 동강 나고 말았습니다. 어찌해야 좋을지 하명을 기다립니다."

그래서 자아가 직접 대군영 문 앞에 이르러서 위호에게 명하여 항마저로 내리치라고 했다. 그렇지만 얻어맞은 여원의 몸에서는 그저 불꽃이 매섭게 날리고 연기가 솟구칠 뿐이었다. 그때 여원이 노래를 불렀다.

그대는 보지 못했는가?
천황天皇이 득도하여 몸을 단련하고
선도仙道를 벽유궁碧遊宮에서 수양하던 것을.
감호坎虎와 이룡離龍이 바야흐로 나타나니,
오행을 따라 내 마음대로 노니네.
4해와 3강을 두루 떠돌면서,
금옥金玉을 머리에 이고 비밀리에 수도했네.
일찍이 화로 속에서 선화仙火를 단련했네.
그대가 지금 나를 참수하려고 열을 내지만,
자고로 하나의 검은 역시 하나의 검에 불과하네.
나의 말에 영험이 없다고 말하지 말라.

여원이 흥겨운 가락에 얹어 노래를 다 부르자, 자아

는 마음이 몹시 불쾌하여 구류손과 함께 의논했다.

"지금 여원을 놓아줄 수는 없으니 잠시 그를 후영에 가두어 놓았다가 관을 차지한 다음에 다시 처치하도록 합시다."

구류손이 말했다.

"자아, 그렇게 해서는 안되오. 장인에게 튼튼한 철궤짝 하나를 만들게 하여 여원을 북해에 수장함으로써 후환을 없애도록 하시오."

자아가 장인들에게 철궤짝을 급히 만들라고 명하여 여원을 그 속에 가뒀다. 구류손이 황건역사에게 그것을 들고 가서 북해에 던져 바다 밑에 수장하도록 명했다. 황건역사가 일을 마치고 돌아와 구류손의 법지에 복명했다.

그러나 이는 구류손이 미처 오행을 제대로 따져보지 못한 처사였다. 여원은 북해 속으로 들어갔는데, 철궤 또한 오행 중의 금金에 속하는 물건이고 또한 물속에 던져졌으므로 이것은 바로 금金과 수水가 상생하는 것이었으니 도리어 그에게 도움을 주게 되었다.

여원은 수둔법으로 빠져나와 곧장 벽유궁 자지애紫芝崖 아래로 갔다. 그러나 여원은 아직까지 곤선승에 묶여 있었으므로 절교의 문인들이나 교주인 사존을 만나볼 수 없었다. 그때 문득 한 동자가 절벽 위를 지나가는 게 보였다. 여원이 급히 소리쳤다.

"거기 가는 사형, 나의 남은 목숨 좀 구해 주시오!"

수화동자水火童子가 자지애 아래를 보니 푸른 얼굴에 붉은 머리카락을 하고 큰 입에 날카로운 이빨을 한 어떤 도인이 그곳에 묶여 있었다.

동자가 물었다.

"누구신데 지금 이런 곤경에 처해 있소?"

"나는 금령성모金靈聖母의 문인으로 봉래도의 일기선 여원이오. 자아가 나를 북해에 빠뜨렸으나 다행히 하늘이 나를 버리시지 않아 수둔법을 빌어 방금 이곳에 도착했소. 바라건대 사형께서 나를 위해 통보 좀 해주시오."

수화동자가 곧장 금령성모를 뵙고 여원의 일을 말씀드리자, 금령성모가 그 말을 듣고 대노하여 급히 자지애 앞으로 갔다. 보지 않았으면 몰라도 보면 볼수록 화가 치밀었다. 금령성모가 곧장 궁 안으로 들어가 통천교주通天教主를 뵙고 아뢰었다.

"사부께 아룁니다. 곤륜의 문하들이 우리 교단을 멸시한다고 사람들이 말하는데 이는 모두 사실입니다. 지금 일기선 여원이 무슨 죄를 지었는지는 모르오나 그 자들이 여원을 철궤에 넣어 북해에 빠뜨렸습니다. 다행히 여원은 목숨을 잃지 않고 수둔법을 빌어 탈출하여 자지애에 와 있습니다. 사부께 바라옵건대 크게 자비를 베푸시어 제자들의 체면을 살려주소서."

"그는 지금 어디에 있느냐?"

"자지애에 있습니다."

"데리고 오도록 하라."

잠시 뒤에 여원을 궁 앞으로 데려오자 벽유궁의 많은 절교문인들이 모두 분노했다. 금종과 옥경玉磬이 일제히 울리는 가운데 교주 사존이 궁 앞에 당도하자 여러 문인들이 일제히 말했다.

"천교문인이 우리 교단을 멸시함이 너무 심합니다!"

곤선승에 꽁꽁 묶인 여원의 모습을 보자 교주도 난감해하지 않을 수 없었다. 우선 부인符印을 여원의 몸에 붙이고 손으로 한번 두드렸더니 곤선승이 풀어졌다. 옛말에 이르길 '성인은 얼굴에 노한 빛을 띠지 않는다'고 했다. 마침내 여원에게 명했다.

"나를 따라 궁으로 들어오라."

여원이 들어가자 교주가 그에게 물건 하나를 건네주면서 말했다.

"너는 가서 구류손을 잡아오너라. 그러나 그를 해쳐서는 안되느니라."

"잘 알겠습니다."

여원은 보물을 받아들고 토둔법을 써서 벽유궁을 떠났다. 얼마나 빨리 갔는지 순식간에 이미 사수관에 당도해 있었다.

병사들이 관으로 들어가 알렸다.

"여 도장道長께서 오셨나이다."

한영은 섬돌을 내려가 영접하여 전에 이른 뒤 몸을 굽혀 인사 올리며 말했다.

"스승께서 패하여 강상에게 사로잡혀 가셨다는 소식을 듣고 소장은 심신이 불안했었는데, 지금 이렇게 존안을 뵙게 되니 천만다행입니다."

여원이 자초지종을 설명해 주었다. 그런 다음 마침내 오운타를 타고 서주 대군영에 이르러 구류손을 불렀다.

"원수께 아룁니다. 여원이 싸움을 청하면서 구류손만을 나오라고 합니다."

다행히 구류손은 아직 산으로 돌아가지 않고 있었다. 자아는 크게 놀라면서 황급히 구류손을 청하여 상의했다. 구류손이 말했다.

"내가 생각건대 여원이 바다에 빠졌으나 필경 수둔법을 써서 탈출하여 벽유궁으로 가서 통천교주로부터 기이한 보물을 얻었기에 감히 하산했을 것이오. 자아, 당신이 우선 그를 상대하시오. 내가 다시 그를 사로잡아 긴급함을 구해 보겠소. 만약 그가 먼저 그 보물을 쓴다면 나는 버티지 못할 것이오."

"도형의 말씀에 일리가 있습니다."

자아는 이윽고 "포를 울려라!"는 명을 내렸다. 원수기가 펄럭이며 자아가 군진 앞에 이르자 여원이 소리쳤다.

"자아, 내 오늘 너와 결판을 내리라!"

오운타를 몰아 매우 사납게 달려들자 자아가 검으로 막았다. 겨우 1합을 싸웠을 때 구류손이 곤선승을 던지면서 황건역사에게 명했다.

"여원을 잡아가라!"

한바탕 소리가 나더니 다시 여원을 공중으로 낚아챘다. 여원은 불의의 공격을 미처 막아내지 못했다. 자아는 여원이 잡힌 것을 보고서야 마음이 놓였다. 진영으로 들어가 여원을 군막 앞에 내려놓았다.

자아가 구류손과 함께 의논했다.

"만약 여원을 죽이려면 오행술이라야만 하는데 그는 오행술에 능통한 자이니 어떻게 그를 죽일 수 있겠습니까? 그렇다고 다시 놓아줄 수도 없는 일이니 어찌하면 좋겠는지요?"

그러나 이른바 '생사는 이미 정해져 있으니 운명은 피

하기 어렵다'는 말대로 여원은 바로 '봉신방'에 이름이 올라 있는 사람이었으니 어찌 피할 수 있겠는가! 어쨌든 자아는 중군에서 펼쳐볼 만한 방법이나 계책이 전혀 없었다. 그때 갑자기 보고가 들어왔다.

"육압도인께서 오셨나이다."

자아는 구류손과 함께 군영을 나가 영접했다. 중군에 이르렀을 때 여원은 육압도인을 보자마자 혼비백산하듯이 놀라 얼굴이 노랗게 변했으나 후회해도 이미 때는 늦었다. 여원이 말했다.

"육 도형, 당신이 이미 왔으니 나에게 자비를 베풀어 내가 쌓은 천 년의 도행과 온갖 고행 끝에 얻은 공력을 가엾게 여겨주시오. 이제부터는 반드시 잘못을 고쳐 다시는 감히 서주군을 범하지 않겠소."

육압도인이 말했다.

"그대는 하늘을 거역하는 일을 행했으니 천리에 용납되기 어렵도다. 또한 그대는 '봉신방'에 이름이 올라 있으며 나는 천벌을 대행하는 것에 불과하도다. 그대는 바로 이러하도다.

올바른 도리에 의하지 않고 잘못된 도리를 따르면서,
자신의 도술이 높다고 자만하네.

뉘 알았으리? 하늘의 뜻이 진정한 군주를 도울 줄을.
내가 지금 여기에 온 이상 그대는 운명을 피하기 어렵네.

육압도인이 분부했다.
"향안香案을 가져오라."

육압도인이 분향하고 곤륜산을 향해 절한 뒤에 꽃바구니 속에서 호로병 하나를 꺼내 향안 위에 놓았다. 호로병 뚜껑을 열자 그 안에서 한 줄기 실 같은 흰 광채가 공중으로 솟구치면서 7촌 5푼쯤 되는 어떤 물건이 흰색 광채 꼭대기에 가로놓였는데 눈과 날개가 달려 있었다.

육압도인이 입 속으로 중얼거렸다.
"보물아, 몸을 굴려라!"

그 물건이 흰색 광채 꼭대기에서 계속 서너 바퀴를 돌자, 가련하게도 여원의 머리가 굴러 떨어졌다. 이는 참장봉신비도斬將封神飛刀로서 요괴의 목을 베는 데 특이한 효능이 있었다.

여원의 영혼이 이미 봉신대에 들었다. 자아가 그의 목을 내다걸려고 하자 육압도인이 말했다.

"아니되오. 여원은 원래 신선의 몸이니 그의 시체를 내다 거는 것은 예의가 아니오. 흙으로 덮어 매장하시오."

육압도인은 구류손과 작별하고 산으로 돌아갔다.

한편 한영은 여원이 이미 죽었다는 전갈을 듣고 여러 장수들과 함께 의논했다.

"지금 여 도장께서 이미 타계했으니 더 이상 주나라 장수를 대적할 수 있는 자가 없도다. 또한 적병이 성 아래에 들이닥쳐 좌우의 두 관이 모두 서주군에 넘어갔으며, 자아의 휘하에 있는 장수들은 모두 도덕과 도술이 높은 자들이니 끝내 승리할 가망이 없도다. 항복하려 해도 차마 성탕의 작위를 배반할 수가 없으며, 그렇다고 항복하지 않는다면 이 관을 지켜내기가 어려우므로 결국 서주군의 포로가 되고 말 것이다. 장차 이 일을 어찌하면 좋단 말인가, 어찌하면 좋단 말인가?"

옆에 있던 부장 서충徐忠이 말했다.

"주장께서 이미 성탕을 차마 배반할 수 없다 하셨으니 이 관을 적에게 바칠 수는 결코 없습니다. 그러니 우리들은 인끈을 전에 걸어놓고 문서를 창고에 보관하고 나서 조가를 향해 황은에 감사의 절을 올린 뒤 관직을 버리고 떠난다면 신하의 도리를 완전히 잃지는 않을 것입니다."

모두 그 말에 따르기로 하고 마침내 군사들에게 명을 내렸다.

"부 안의 귀중한 물건을 꾸려 수레에 실어라."

한영 등은 산림에 자취를 감추고 골짜기에 이름을 묻어버리기로 작심했다. 여러 장수들도 각자 돌아가 떠날 채비를 갖추었다. 한영은 또한 가병장에게 명하여 금은보화와 비단의류 등을 옮기게 했다.

분주하고 시끌시끌한 통에 한영의 두 아들이 문득 깜짝 놀랐다. 그들은 후원에서 기이한 병기를 만들어 자아를 막으려 하고 있었다. 두 형제는 집 안이 시끌벅적하면서 사람들이 분주히 오가는 것을 보았다. 그 중에 상자를 옮기고 있는 가장을 보고 그 연유를 물었더니, 가장이 관을 버리고 떠나려 한다는 말을 해주었다.

두 사람은 그 말을 듣더니 말했다.

"너희들은 잠시 멈추어라. 나에게 방도가 있다."

두 아들이 함께 부친을 뵈러갔다.

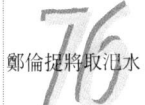

鄭倫提將取汜水

정륜이 적장을 붙잡고 사수관을 취하다

한영의 장남 한승(韓昇)과 차남 한변(韓變) 두 사람은 황급히 후당으로 가서 부친을 만나 말했다.

"아버님께서는 무슨 이유로 재물을 옮기려 하십니까? 이 관을 버리고서 도대체 무얼 하실 작정이십니까?"

"너희 둘은 나이가 어려 세상일을 잘 모른다. 늦기 전에 어서 빨리 짐을 꾸려 이 관을 떠나 병란을 피하도록 하자."

한승이 그 말을 듣더니 실소하며 말했다.

"아버님의 말씀은 잘못되셨습니다. 이 말은 절대로 외

부인에게 알려져서는 안됩니다. 공연히 아버님께서 쌓으신 일세의 명성이 더럽혀질까 걱정입니다. 아버님께서 국가의 높은 관직과 후한 봉록을 받고 대신의 자줏빛 관복과 금대를 착용하시고, 어머님께서 봉전封典을 받고 자손이 대대로 관직을 받는 등 어느 일 하나 천자의 은덕이 아닌 것이 없습니다. 지금 천자께서 이 관을 아버님께 맡기셨는데, 아버님께서는 국은에 보답하여 몸 바쳐 충절을 다할 생각을 아니하시고 오히려 아녀자의 계책을 따라 죽음을 두려워하고 삶을 탐함으로써 후세에 비웃음거리를 남기려 하시니, 이 어찌 대장부의 행동거지라 할 수 있겠습니까? 오직 조정에서 대신을 믿고 직무를 맡긴 뜻을 저버릴 뿐입니다.

옛말에도 '사직에 있는 자는 사직을 지키다 죽고, 봉역封域에 있는 자는 봉역을 지키다 죽는다'고 했습니다. 그런데 아버님께서는 어찌하여 함부로 도의를 버리려 하십니까? 저희 두 형제는 일찍이 가훈을 받들어 활쏘기와 말타기를 익혔으며 이인을 만나 도술도 자못 익혔습니다. 이제까지 도술이 숙련되지 못했으나 스스로 매일 열심히 연마하여 오늘 바야흐로 완성되어 군대를 진격시키려 했는데, 뜻밖에 아버님께서 관을 버리겠다는 결정을 내리셨습니다. 소자들은 죽음으로써 국가에 충성을

"아들아, 너희는 도대체 누구에게서 이것을 전수받았느냐?"

"아버님께서 조정에 알현하러 가셨을 당시 저희 형제가 한가하게 부府 앞에서 놀고 있었는데, 법계法戒라고 하는 두타승 한분이 오셔서 우리 부 앞에서 동냥을 했습니다. 저희 형제가 곧 그에게 식사를 대접했더니 그분이 우리에게 자기를 스승으로 모시라고 했습니다. 우리들은 그때 그의 모습이 매우 특이한 것을 보고는 곧 그를 스승으로 모셨습니다. 그가 말하기를 '훗날 강상이 반드시 병사를 이끌고 올 것이니 내가 너희에게 이 법보를 비밀리에 전수해 주마. 이것으로 서주군을 격파하여 이 관을 지킬 수 있을 것이니라'고 했습니다. 오늘 바로 우리 스승의 말씀에 따라 반드시 한바탕 공을 이루어 강상을 사로잡겠습니다."

한영이 뛸 듯이 기뻐하면서 한승에게 그 법보를 거두라 명한 뒤 다시 물었다.

"아들아, 그래도 인마가 필요할 텐데 너에게 이 풍차가 얼마나 있느냐?"

"3천 대가 있는데 강상의 웅사雄師 60만 명을 거뜬히 막아낼 수 있습니다. 한바탕의 싸움만으로 그들은 한 명도 살아남지 못할 것입니다."

한영은 급히 3천 명의 정예병을 뽑아 한승 두 형제에게 주어 교장에서 3천 대의 만인차를 숙련토록 했다.

한승은 3천 명의 군사들에게 모두 검은 옷을 입히고, 맨발에 머리를 풀어헤치게 했다. 이윽고 왼손으로는 풍차를 잡고 오른손으로는 칼을 들게 하고서 마음대로 적군을 주살하는 훈련을 시켰다.

보름여 동안 훈련시키자 군사들이 숙달되었다. 바로 그날 한영 부자는 정예병을 통솔하여 관을 나가 싸움을 걸었다.

한편 자아는 여원을 격파하고 나서 관을 탈취할 계획을 세우고 있었는데, 문득 관 안에서 포성이 울렸다. 잠시 뒤 연락병이 중군에 들어와 아뢰었다.

"사수관의 총병 한영이 군사를 거느리고 관을 나와 원수님을 나오시라 청하고 있습니다."

자아가 황급히 여러 문인과 장수들에게 영을 내렸다.

"전군을 통솔하여 진영을 나가라."

자아는 한 차례 한영을 만난 적이 있었지만, 어떻게 이번의 계책을 알고 그를 방비할 수 있었겠는가?

자아가 물었다.

"한 장군, 그대는 시세를 모르고 있도다. 천명에 순종

하지 않고서 도대체 어쩌겠다는 것인가? 속히 무기를 버리고 후회를 면하도록 하라."

한영이 웃으며 말했다.

"자아, 그대는 병사와 장수의 용맹함을 믿고서 큰소리를 치지만, 그대들의 죽음이 지척에 있다는 것도 모르고 오히려 감히 무위를 드날리면서 흑백도 분간 못하고 있도다!"

자아가 대노하여 소리쳤다.

"누가 저 한영을 잡아오겠는가?"

옆에 있던 위분이 말을 몰아 창을 휘두르면서 짓쳐 들어가자, 한영의 뒤에 있던 어린 장수 한승과 한변이 곧바로 출진하여 위분을 가로막았다.

위분이 소리쳤다.

"거기 오는 두 장수는 누구냐?"

"우리는 한 총병의 장남인 한승과 차남인 한변이다. 너희들이 힘만을 믿고서 군왕을 능멸하여 그 죄악이 하늘까지 닿아 있다 들었다. 오늘 너희의 목줄을 끊고야 말리라!"

위분이 대노하여 다시 말을 몰아 창을 휘두르면서 곧장 달려들자, 한승과 한변이 막아섰다. 싸운 지 몇 합 안 되어 한승이 말머리를 돌려 도망가자, 위분은 그것이 계략이라는 것도 모른 채 뒤쫓았다. 한승은 위분이 근접하기를 기다려 머리 위의 관을 벗어던지고 창을 한번 흔들었다. 그 즉시 3천의 만인차가 돌진했다.

그 풍화風火와 같은 기세는 도저히 막아낼 수가 없었다. 드디어 3천의 병력이 만인차를 말아 올리자 풍화가 일제히 밀어닥쳤다. 갑자기 구름이 하늘을 뒤덮고 살기 어린 바람이 휘몰아쳤다. 화염은 이무기처럼 하늘 끝까지 날아오르고 검은 연기가 혀끝을 날름거리며 모든 것을 집어삼키기 시작했다.

그와 동시에 한 대의 만인차에서 각기 만 개의 칼이 쏟아져 내리니, 3천의 만인차에서 쏟아지는 칼의 수효는 미처 헤아릴 수가 없을 정도였다.

위분은 칼날에 맞아 낙마할 뻔했고, 무길은 칼에 찔려 급소를 강타당할 뻔했다. 이리저리 사람들이 서로 맞부딪치니 고통의 소리가 처절하고, 말과 말이 짓밟히니 차마 퇴로를 열기가 어려웠다.

이렇듯 한바탕 만인차의 공격을 받은 뒤의 자아진영에는 시체가 산처럼 쌓이고 피가 바다처럼 흘렀다. 그 대진大陣이 돌진해 오는 기세는 당해낼 수가 없었다. 그때 한영이 고개를 숙이고 생각하다가 계책이 떠올라 급히 명을 내렸다.

"징을 쳐서 군사를 거둬들여라!"

한승과 한변은 징소리를 듣고 만인차를 거두어 돌아갔다.

자아는 그제야 인마를 불러 모아 점검해 보니 죽고 부상당한 군사가 칠팔 천이 넘었다. 참으로 엄청난 피해였다. 자아가 군막에 오르자 여러 장수들이 들어와 입을 모아 말했다.

"난생 처음 보는 이 진법은 풍화가 한꺼번에 밀어닥치니 그 굉장한 기세를 도저히 당해낼 수가 없습니다."

자아가 얼굴 가득 근심스러운 빛을 띠면서 말했다.

"도대체 그 칼날의 이름이 무어란 말인가?"

장수들이 말했다.

"소장들은 알지 못하겠습니다. 다만 한 무더기의 날카로운 칼날이 허공에서 수없이 땅으로 쏟아지며 풍화가 그 위력을 도와주니 도저히 막아낼 수가 없습니다. 군사들이 힘으로 대적할 수 있는 그런 상대가 아닙니다."

자아는 몹시 상심되어 그저 답답하기만 했다.

한편 한영 부자가 관으로 들어가자 한승이 말했다.

"오늘 정작 서주군을 격파하여 강상을 사로잡을 수 있었는데, 아버님께서는 어찌하여 징을 울려 군사를 거두셨습니까?"

"너희는 하나만 알고 둘은 모르고 있다. 오늘처럼 밝은 대낮에는 비록 운무와 풍화가 있더라도 강상의 문인들은 모두 도술에 능하기 때문에 각자 방비책을 갖추어 자신의 몸을 보호할 수가 있으니 어떻게 모조리 다 없앨 수 있겠느냐? 나에게 좋은 계획이 하나 있는데, 그들이 전열을 미처 정비하기 전에 오늘 캄캄한 야밤을 틈타 이 도술을 행한다면 그들은 한 명도 살아남지 못할 것이니, 이 어찌 더 좋은 계획이 아니겠느냐?"

두 아들이 허리를 굽히며 감탄해 마지않았다.

"아버님의 계책은 귀신도 헤아릴 수 없을 것입니다!"

이리하여 한영은 서주군을 공략할 준비를 끝내놓고 밤이 깊어지기만을 기다렸다.

자아는 답답한 심정으로 생각에 잠겼다.

'날카로운 칼날과 풍화가 도대체 어떤 술법이기에 산이 무너지는 듯한 기세란 말인가? 그 굉장한 기세를 막아낼 수는 정녕 없단 말인가? 이것은 필경 절교의 사악한 도술임에 틀림없도다!'

드디어 밤이 되었다. 자아는 지난 낮에 전투준비를 잘하지 못하여 장수들이 해를 입었으므로 마음에 근심이 가득할 뿐 미처 오늘 밤의 공격을 방비하지 못하고 있었다. 또한 장수들은 아침나절의 패배로 인하여 지쳤는지라 모두 쉬러 나갔다.

초경에 가까워지자 한영 부자는 슬그머니 관을 나와 만인차를 든 3천 명의 정예병을 거느리고 자아진영의 대군영으로 돌진했다. 서주군 진영에 비록 방어벽이 있긴 했지만 풍화의 위력이 가세된 만인차와 비처럼 쏟아지는 칼날을 어떻게 막을 수 있겠는가?

포성을 울리면서 일제히 대군영으로 돌진하니 어찌 감히 대적하랴. 그야말로 파죽지세였다. 사방에서 화포소리가 어지럽고 만인차의 칼날은 베틀 북처럼 빠르게 날아들었다. 칠흑같이 어두운 밤이었는지라, 삼군이 뛰어오르며 병기를 내지르고 말이 짓밟고 지나가자 서주군은 우왕좌왕 일대 혼란에 빠졌다.

그제야 놀란 장수와 도인들이 자아 곁으로 달려왔다.

"저들이 야음을 틈타 다시 쳐들어오니 미처 방비할 수가 없나이다."

자아가 보니 너무나 어두워 법술을 부리기가 어려웠다. 할 수 없이 자아가 중군까지 다가온 공격의 함성을 듣고 황급히 말에 오르자, 좌우의 문도들이 달려와 호위했다. 바라보니 검은 구름이 자욱이 퍼지고 풍화가 교차하면서 칼날이 일제히 날아들었는데 마치 산이 무너지고 땅이 갈라지는 듯한 기세였다. 등불조차도 제대로 들고 있기가 어려웠다.

3천의 화차병火車兵들이 조수처럼 대군영으로 밀어닥치니 어떻게 당해낼 수 있겠는가! 게다가 칠흑 같은 밤인지라 피차간에 서로 돌아볼 수조차 없었다. 흐르는 피가 도랑을 이루고 시체가 들녘에 가득했다. 도대체 상대편과 자기편을 분간할 수가 없었다.

대왕이 소요마에 오르자 모공 수毛公遂와 주공 단周公旦이 호위하며 앞서 갔다. 한영이 진 뒤에서 북을 울려 진군을 독려하면서 서주군을 풍비박산내자, 임금은 신하를 돌볼 수가 없었고 아비는 자식을 돌볼 수가 없었다.

한승과 한변이 도주하는 자아를 추격했으나, 다행히 자아가 행황기를 들어 앞을 차단하고 병사와 장수들이 그를 에워싼 채 황망히 도주했다. 한승과 한변은 만인차를 몰아 추격에 추격을 거듭하여 자아를 막다른 곳으로 몰았다. 그때 막 날이 밝아오고 있었다.

한승과 한변이 소리쳤다.

"오늘 강상을 사로잡지 못하면 맹세코 빈손으로 돌아가지 않으리라!"

앞을 향해 끈질기게 추격하면서 3천 명의 병사들에게 지시했다.

"호랑이 굴에 들어가지 않으면 어찌 호랑이를 잡겠느냐?"

자아는 한승이 쉴없이 쫓아오는 것을 돌아보고 나서 헐레벌떡 가쁜 숨을 내쉬었다.

"내 오늘은 저들의 공격을 피하기 어렵겠다."

때마침 주위를 살펴보니 일행은 금계령金雞嶺에 당도해 있었다. 앞에서 두 개의 커다란 붉은 깃발이 펄럭이는 것이 보였다. 자아는 그것이 독량관 정륜의 군사임을 알고서 조금은 마음이 놓였다.

정륜이 뜻밖에 자아를 만나자 황급히 달려와 물었다.

"원수께서는 어찌하여 이렇게 패주하십니까?"

"뒤에 추격병이 따라오는데 만인차를 사용하며 풍화의 위력이 대단하다네. 그 기세를 당해낼 수가 없어. 이것은 좌도의 기이한 술수이니 그대도 조심하여 그 예봉을 피하게."

정륜이 타고 있던 금정수에 박차를 가하며 앞으로 달려나가 살펴보니, 한승 형제가 앞장서 추격해 오고 3천 명의 병사가 뒤따르는 것이 보였다. 화살 사정거리의 절반 정도 떨어져 있었다.

마침내 정륜은 한승·한변과 맞닥뜨렸다. 정륜이 크게 소리쳤다.

"이 방자한 놈들! 어찌 감히 우리 원수를 추격하느냐!"
한승이 말했다.

"네놈이 오더라도 그를 대신할 수는 없다!"

창을 겨누고 찔러 들어오자 정륜이 손에 든 항마저로 가로막았다. 정륜은 그 만인차가 대단하다는 것을 이미 알고 있었는데, 뒤쪽에서 한 무더기 풍화의 칼날이 밀려오는 것이 걱정이었다.

정륜은 성급하게 1합만을 끝내고 콧속의 두 줄기 백광白光을 끌어내 한승 형제를 향해 "흥!" 하고 내쏘았다. 한승과 한변 두 형제가 말안장에 앉아 있지 못하고 굴러 떨어졌다. 그러자 오아병烏鴉兵들이 그들을 생포하여 밧줄로 묶었다.

한승 형제가 눈을 뜨고 정신을 차렸을 때는 이미 사로잡힌 뒤였는지라, "아이코!" 하는 소리와 함께 탄식했다.

"하늘이 우리를 버리셨네!"

뒤따르던 3천의 화차병이 돌진하다가 따르던 대장이 사로잡혀 그 도술이 무너지고 풍화의 칼날이 무용지물이 되어버린 것을 보고는 몸을 돌려 황망히 도망쳤다.

한영은 후미에서 한창 닥치는 대로 서주군을 처부수다가 3천 명의 화차병이 황망히 돌아오는 것을 보았다. 그들에게는 풍화의 칼날이 하나도 없었고 두 아들도 보이질 않자 급히 물었다.

"두 장군은 어디에 계시느냐?

병사들이 대답했다.

"두 분 장군께서 자아를 추격해 어느 산에 이르렀을 때 난데없이 한 장수가 나타나 두 장군과 교전하게 되었습니다. 하온데 1합도 안되어 어찌된 영문인지는 모르나 두 장군이 말에서 떨어져 잡혀갔습니다. 저희들은 뒤따르고 있었는데 일순간에 풍화의 칼날이 없어지고 다만 이 풍차만 남아 있어 하는 수 없이 패주해 돌아오는 길입니다. 다행히 총관님을 만났으니 분부를 내리소서."

한영은 두 아들이 사로잡혀 갔다는 말을 듣자 감히 싸울 생각이 들지 않았다. 그저 병사를 거두어 관으로 돌아올 뿐이었다.

정륜이 두 장수를 사로잡아 대령하자, 자아가 크게 기뻐하며 군량수레 위에 그들을 묶고서 함께 회군했다. 돌아오는 길에 대왕과 모공 수 등을 만났는데 여러 문인들과 장수들도 함께 모여 있었다.

대저 이날 밤의 교전에서는 내로라 하는 도술을 지닌 자들도 자기 한 몸을 돌보기에만 급급했으므로 이렇게 큰 패배를 당했던 것이었다. 대왕 역시 황망히 도망갔다가 돌아오는 길이었다.

자아가 문안을 드리자 대왕이 말했다.

"짐도 죽을 뻔했소! 다행히 모공 수가 짐을 보호했기에 망정이지 어찌 재난을 면할 수 있었겠소."

자아가 말했다.

"이 모든 것은 신의 죄입니다."

자아는 장수와 문도들을 모아놓고 크게 꾸짖었다.

"아무리 화급한 지경에 처해도 제 몸 하나 귀한 줄만 아는 사람이 어찌 큰일을 할 수 있겠소? 겨우 제 몸만 빠져나가는 데 급급했던 몇몇 장수들은 마땅히 근신해야 할 것이오."

여러 사람들이 고개를 들지 못한 채 어쩔 줄 몰라 했다. 그러나 자아 역시 대왕을 돌보지 않고 달아났던지라 더 이상 꾸짖을 명분이 없었다.

다음날 자아는 군대를 정비하여 다시 사수관 앞으로 나가 진영을 설치하니 포성과 함성이 더욱 거셌다. 한영이 포성을 듣고 사람을 보내 정탐케 했더니 그가 돌아와 보고했다.

"총관께 아룁니다. 서주군이 다시 관 아래에 이르러 진을 벌였습니다."

한영이 체념한 듯 말했다.

"서주군이 다시 왔으니 내 아들들은 끝장이로구나!"

한영은 직접 성에 올라 관리를 보내 소식을 알아오게 했다.

자아가 군막에 올라앉자 장수들이 좌우로 시립했다. 자아가 명을 내렸다.

"5방의 대오를 갖추라. 내가 직접 관을 공격하겠다."

한승과 한변을 깊이 증오했던 여러 장수들은 이를 갈며 호응했다. 자아가 관 아래에 이르러 소리쳤다.

"한 총병은 나오라!"

한영이 성루 위에 몸을 드러내고서 소리쳤다.

"자아, 그대는 패군의 장수인 주제에 어찌 감히 다시 여기에 왔는가?"

자아가 웃으며 말했다.

"내가 비록 그대의 간교한 계략에 걸려들긴 했지만, 이 관은 내가 필경 그대에게서 빼앗아야 할 곳이다. 그대는 승리를 뽐내던 그 두 장수가 지금 이미 내게 사로잡혀 있다는 것을 알렷다!"

이어서 좌우에 명했다.

"한승과 한영을 끌어오라!"

좌우에서 두 사람을 끌고 와서 말 앞에 세웠다. 한영은 머리를 풀어헤친 두 아들이 맨발로 두 팔이 묶인 채 군진 앞에 서 있는 것을 보자, 자기도 모르게 가슴이 쓰렸다. 그는 황급히 애원했다.

"강 원수, 두 아들이 무지하여 함부로 원수의 위엄을 범했으니 그 죄는 용서받지 못할 것이나, 바라건대 원수는 측은한 마음을 베풀어 그들을 가엾게 여기고 용서해 주시오. 사수관을 바쳐 그 은혜에 보답하겠소."

이 말을 듣고 한승이 소리쳤다.

"아버님, 관을 바쳐서는 안됩니다. 아버님은 천자의 충신으로 임금의 후한 봉록을 받는 몸인데, 어찌 자식의 목숨을 아끼느라 신하의 충절을 잃으시려 하십니까? 다만 관을 단단히 지키면서 천자의 구원병이 올 날을 기다리십시오. 그리하여 한마음으로 강상 이놈을 사로잡아 그 시체를 만 조각으로 갈기갈기 찢어 자식을 위해 복수하더라도 늦지는 않을 것입니다. 저희 둘은 만 번 죽어도 여한이 없습니다."

자아가 듣더니 한편으로 붉은 단심에 경탄하고 다른 한편으로 대노하여 좌우에 명했다.

"두 놈을 참수하라!"

남궁괄이 명을 받고 칼을 내리쳐 관 아래에서 연이어 두 장수를 참수했다. 한영은 자식이 주살당하는 것을 보자 가슴을 칼로 도려내는 듯했다. 하늘을 바라며 절규하던 그는 비명을 지르면서 스스로 성 아래로 떨어져 목숨을 끊었다.

　가련하게도 세 명의 부자가 몸 바쳐 충절을 다했으니, 천고에 보기 드문 장한 일이었다. 후인들도 이를 칭송하여 시를 읊었다.

　사수가 도도히 밤낮으로 흐르니,
　한영은 국가와 운명을 함께하기로 마음먹었네.
　아비는 신하의 절개를 바쳤으니 외로운 원숭이가 울고,
　두 아들은 충절을 다했으니 노학老鶴이 근심에 젖네.
　한 번의 죽음으로 아련히 사직에 보답했으니,
　세 혼백이 아스라이 왕후장상을 뛰어넘었네.
　지금 손을 꼽아보아도 부끄러움이 전연 없으니,
　당시의 아녀자와 같은 소인배들을 비웃기에 족하네.

　한영이 성에서 떨어져 죽자 성 안 백성들은 관문을 열어 서주군을 들도록 영접했다. 부로들이 향을 피우고 대왕을 영접하여 원수부로 들게 했다. 여러 관리들도 기뻐하며 부고의 전량을 잘 조사한 뒤에 방을 붙여 백성들을 안심시켰다.
　대왕은 충절을 다한 한영 부자를 후하게 장례 치르라 명했다. 자아는 명을 내려 주연을 베풀어 공을 세운 장수들을 환대하고 나서 관에서 3·4일을 머물렀다.

한편 건원산 금광동의 태을진인이 벽유상碧遊床에서 정좌하고 있을 때 문득 금하동자가 와서 보고했다.

"백학동자가 찾아왔나이다."

태을진인이 동부를 나갔더니 백학동자가 손에 옥지玉旨를 들고 와서 말했다.

"사숙께서는 하산하여 함께 주선진誅仙陣을 격파하시랍니다."

태을진인이 곤륜을 향하여 은혜에 감사드리자 백학동자는 옥허로 돌아갔다. 태을진인이 좌우에 분부했다.

"나타를 불러오너라."

나타가 급히 와서 사부를 뵙고 예를 마치자 태을진인이 말했다.

"너는 이제 상처가 다 나았으니 먼저 하산하여라. 나도 곧 뒤따라가서 함께 주선진을 격파할 것이니라."

나타가 사부의 명을 받고 막 하산하려 할 때 태을진인이 다시 말했다.

"잠깐 멈춰라. 자아가 하산할 당시 옥허궁의 교주이신 원시천존께서 일찍이 자아에게 석 잔 술을 내리셨다. 네가 오늘 하산하는 마당에 나 또한 너에게 석 잔 술을 내리려 하는데 어떻겠느냐?"

나타가 거듭 감사를 드렸다. 태을진인이 금하동자에

게 술을 가져오게 하여 나타에게 한 잔을 따라주자 나타가 감사히 받아 단숨에 다 마셨다. 태을진인은 또한 소매 속에서 대추 하나를 꺼내 나타에게 건네주면서 술과 함께 먹으라 했다. 나타는 연거푸 석 잔을 마시고 3개의 화조火棗 즉 대추를 받아먹었다.

태을진인은 동부 밖에까지 나가 나타를 배웅하면서 나타가 풍화륜에 오르는 것을 보고 나서야 들어갔다. 나타가 화첨창火尖鎗을 들고 토둔법을 써서 막 떠나려 할 때, 왼쪽 옆구리에서 무슨 소리가 나더니 팔 하나가 길게 뻗쳐나왔다.

나타가 크게 놀라 중얼거렸다.

"어찌된 일인가?"

말을 다 마치기도 전에 오른쪽에서도 팔 하나가 뻗어나왔다. 나타는 깜짝 놀라 바보처럼 멍하니 눈을 말똥거리고 입을 벌렸다. 그때 좌우 옆구리에서 일제히 소리가 나면서 4개의 팔이 더 생겨나 모두 8개의 팔이 되었으며 또한 머리 2개가 더 솟아올라 모두 3개가 되었다.

나타가 당황하여 어쩔 줄 몰라하며 스스로 생각했다.

'잠시 돌아가서 사부님께 물어보아야겠다.'

풍화륜을 타고 돌아와 동부 문에 이르렀더니 태을진인이 미리 기다렸다는 듯이 문 앞에 나와 있다가 박장대

소하며 말했다.

"기이하도다! 기이해!"

나타는 얼굴이 시뻘게진 채로 태을진인에게 물었다.

"제자의 몸에서 갑자기 삐죽삐죽 이런 손들이 뻗어나왔는데 스승님께서는 어찌하여 오히려 즐거워하십니까? 도대체 이런 꼴로 무슨 무기를 사용할 수 있겠습니까?"

"이는 다 뜻이 있어 행한 일이니라. 자아의 행영에는 기이한 도사가 많아서, 두 날개를 가진 자도 있고 진기한 술법을 가진 자도 있고 기이한 보물을 가진 자도 있다. 지금 너의 몸에도 삼두팔비三頭八臂가 생겨났으니 금광동에서 전수해 준 나의 도술을 저버리지 마라. 여기를 떠나 5관으로 들어가면 또한 주나라의 희귀한 인물을 만날 터인데 모두가 준걸들이다. 이제 몸을 감추었다 드러냈다 하는 이 은현법隱現法 도술을 전수해 줄 터이니 오로지 네 자신의 뜻에 따라 행하여라."

나타가 그제야 사부의 깊은 은덕에 감사드렸다. 태을진인이 나타에게 은현법을 전해 주자, 나타가 크게 기뻐하며 한 손에는 건곤권乾坤圈을, 한 손에는 혼천릉混天綾을, 한 손에는 금벽돌 즉 금전金磚을, 그리고 두 손에는 두 자루의 화첨창을 들었고 나머지 세 손은 비어 있었다. 그래서 태을진인이 다시 구룡신화조九龍神火罩라는 그물과 음

양검陰陽劍 두 자루를 주니, 나타는 모두 8개의 병기를 갖추게 되었다.

나타는 세 개의 머리를 숙여 사부께 작별인사를 올린 뒤 하산하여 곧장 사수관으로 갔다.

이 무렵 강 원수는 사수관에서 장수들을 점검하여 계패관界牌關을 칠 준비를 하고 있었는데, 문득 사존의 게偈가 떠올라 생각에 잠겼다.

'계패관 아래에서 주선진을 만나리라 하셨는데, 이 일에 어떠한 길흉이 있을지 모르니 경거망동하지 말아야겠다. 그렇다고 진격하지 않으면 기일을 어기게 될까 걱정이구나.'

한동안 전 위에서 근심하고 있을 때 갑자기 보고가 들어왔다.

"황룡진인께서 오셨나이다."

자아가 영접하여 중당에 이르러 머리를 조아려 인사한 뒤 예법에 따라 앉았다.

황룡진인이 말했다.

"앞에는 주선진이 펼쳐져 있으니 함부로 경솔하게 전진해서는 안되오. 자아 당신은 문인들에게 갈대로 엮어 만든 전을 세우라 분부하여, 각처의 진인과 도사들을 영접한 뒤에 교주이신 사존의 명을 기다렸다가 전진해야 할 것이오."

자아가 듣고 나서 급히 남궁괄과 무길에게 갈대집을 세우라 명했다.

이때 나타가 풍화륜에 올라 짙푸른 세 개의 얼굴에 붉은 머리카락을 한 채 여덟 개의 팔을 휘저으면서 관으로 들어섰다. 군관이 나타의 변신한 모습을 알아보지 못하고 황급히 자아에게 보고했다.

"원수께 아룁니다. 밖에 머리가 셋이고 팔이 여덟 개나 되는 어떤 장수가 와서 관으로 들어오려 하니 하명하여 주소서."

자아가 이정에게 나가서 알아보라고 명하자, 이정이 원수부를 나갔더니 과연 머리가 셋이고 팔이 여덟인 사람이 보였는데 흉측하기 이를 데 없었다.

이정이 물었다.

"거기 오는 자는 누구인가?"

나타는 이정을 보고 급히 풍화륜에서 내리며 말했다.

"아버님, 소자 셋째아들 나타입니다."

이정이 깜짝 놀라 물었다.

"어떻게 이런 대단한 도술을 터득했더란 말이냐?"

나타가 구룡신화조의 일을 자세히 말씀드리자, 이정이 전으로 들어가 자아에게 그 일을 갖추어 말했다. 자아가 크게 기뻐하면서 어서 들어오라고 명하자, 나타가 전으로 들어와 원수를 배알했다. 여러 장수들도 그를 보고 모두들 기뻐하면서 칭찬을 아끼지 않았다.

다음날 남궁괄이 와서 보고했다.

"갈대집이 이미 완성되었나이다."

황룡진인이 말했다.

"이제 각 동부의 문인들은 떠날 것이니 이하 모든 장수들은 잠시도 자리를 떠서는 안될 것이오."

자아가 명했다.

"여러 장수들은 왕을 보필하여 관을 굳건히 지키면서 자리를 이탈하지 말라. 나는 황룡진인과 여러 문도들과 함께 갈대집으로 먼저 가서 교주 사존과 여러 선장仙長들을 기다렸다가 주선진을 격파할 것이니라. 만일 경거망동하는 자가 있다면 군법에 따라 처단할 것이니라."

여러 장수들이 명을 받고 물러갔다.

자아가 후전後殿으로 들어가 대왕을 뵙고 아뢰었다.

"신은 먼저 관을 치러 떠날 것이오니 대왕께서는 잠시 여러 장수들과 함께 이곳에서 머무소서. 계패관을 손에 넣은 다음 어가를 영접토록 하겠습니다."

"상보께서는 앞길에 부디 몸조심하십시오."

자아가 성은에 감사드리고 다시 전전前殿으로 와서, 황

룡진인과 여러 문도들과 함께 40여 리 떨어진 사수관의 갈대집에 당도했다. 바라보니 꽃으로 색색이 장식했고 비단과 융단을 깔아놓았다.

황룡진인이 자아와 함께 갈대집으로 들어가 앉았다. 잠시 뒤에 광성자廣成子가 도착했으며 뒤이어 적정자赤精子가 당도했다.

다음날 구류손懼留孫·문수광법천존文殊廣法天尊·보현진인普賢眞人·자항도인慈航道人·옥정진인玉鼎眞人이 왔으며, 뒤이어 운중자雲中子·태을진인太乙眞人·청허도덕진군淸虛道德眞君·도행천존道行天尊·영보대법사靈寶大法師 등이 속속 도착했다.

자아는 한분 한분 모두 영접하여 갈대집으로 모셨다. 잠시 뒤에 또 육압도인陸壓道人이 와서 머리를 조아려 인사한 뒤에 앉았다.

육압도인이 말했다.

"지금 주선진이 펼쳐 있지만 필경 만선진萬仙陣을 또 한번 만나야 할 것이오. 우리들은 겁운劫運이 이미 가득 찼으니 이제 산으로 돌아가 다시 정진에 힘써 정과正果를 이루어야 할 것이오."

여러 도인들이 말했다.

"사형의 말씀이 진정 옳습니다."

모두들 묵좌하고서 교주 사존께서 오시기만을 기다렸

다. 잠시 뒤에 공중에서 패옥소리가 들렸다. 여러 선인들은 연등도인燃燈道人이 오는 것임을 알았다. 모두 계단을 내려가 갈대집으로 맞이하여 예를 올리고 나서 앉았다.

연등도인이 말했다.

"주선진이 앞에 있던데 여러 도우들은 보지 못했소?"

"앞에는 아무것도 보이지 않았습니다."

"한 줄기 붉은 기운이 덮여 있는데 그것이 바로 주선진이오."

여러 도우들이 모두 일어나 유심히 살펴보았다.

이때 다보도인多寶道人은 천교闡敎의 문인들이 왔음을 이미 알고 손으로 장심뢰掌心雷를 일으켜 붉은 기운을 펼쳐 진도陣圖를 드러내 보였다. 갈대집에 있던 선인들이 바라보니 붉은 기운이 번쩍하고 열리면서 과연 진도가 드러났는데 참으로 장관이었다.

살기가 등등하고 음산한 구름이 참담했다. 괴이한 안개가 휘감아 돌고 싸늘한 바람이 부는 가운데 가려졌다 나타났다 솟아올랐다 내려앉았다 하면서 위아래로 왕래함이 일정치 않았다.

선인들 중에서 황룡진인이 말했다.

"우리들은 지금 살계를 범하여 홍진을 야기하게 되어 있는데, 이미 이 진을 만났으니 마땅히 한 차례 대사를 치러야 할 것이오."

연등도인이 말했다.

"예로부터 성인이 이르기를 '다만 선지善地를 천만 번 볼 뿐 인간의 살벌함을 보지 말라'고 했소이다."

그 중에서 12대代 제자 8,9명이 나가려 했다. 연등도인이 막지 못하고 함께 일어나 갈대집을 내려가자 여러 문인들도 따라 일어나서 진을 살폈다.

진 앞에 이르렀더니 과연 그 괴이한 기운이 사람의 간담을 서늘케 하고 눈을 휘둥그레지게 했다. 여러 선인들은 모두 돌아가려 하지 않고 그저 뚫어져라 쳐다보기만 했다.

77

老子一氣化三淸

노자가
일기를 삼청으로 변화시키다

문하의 많은 제자들이 주선진을 바라보니, 정동쪽으로 주선검이 한 자루 걸려 있고, 정남쪽으로 육선검戮仙劍이, 정서쪽으로 함선검陷仙劍이, 정북쪽으로 절선검絶仙劍이 각기 한 자루씩 걸려 있었다. 그리고 앞뒤로는 문과 창이 있었는데, 그 안은 살기가 가득하고 음산한 바람이 불고 있었다.

여러 선인들이 주선진 안을 들여다보려고 온갖 애썼지만, 겨우 안에서 부르는 노랫소리만 들을 수 있을 뿐이었다.

칼와 검과 창으로,
어찌 주선의 재앙을 면할 수 있겠는가?
마음속의 마귀가,
오히려 불같은 화를 일으키네.
오늘은 그냥 넘기기가 어려우니,
죽고 사는 건 내게 달렸네.
옥허궁이 재앙을 불러들여,
천심보穿心寶에 갇히고,
머리 돌려 비로소 지난 일이 잘못되었음을 아는구나!
지척에서 풍파가 일어나니,
이를 어찌 피할 수 있겠는가?
자신의 재능을 믿다가는,
머지않아 큰 좌절을 맛보리라!

연등도인이 말했다.

"도우 여러분, 다보도인多寶道人의 저 노랫소리 좀 들어보시오. 어떻게 저들을 선량하다고 할 수 있겠소? 우리들은 각기 갈대집으로 돌아가 사존께서 오시기를 기다렸다가 임하도록 합시다."

막 돌아가려 할 때, 진 안에서 다보도인이 칼을 들고 뛰어나오면서 큰소리로 외쳤다.

"광성자, 도망가지 말라! 내가 왔다!"

그러자 광성자가 크게 노해 말했다.

"다보도인, 당신은 그대를 따르는 사람이 벽유궁에 많은 것을 믿고 거듭 나를 속박하고 있소. 더구나 그대의 사존께서 분부하셨음에도 따르지 않고 오히려 이곳에 주선진을 펼쳐놓았소. 우리는 이미 살계를 범했으니 필경 당신들 모두를 재앙 속으로 빠트릴 것이오. 옛말에 '염라대왕이 3경에 죽도록 운명지었는데 어찌 5경까지 인간세상에 머물 수 있겠는가?'라고 했으니, 그대들이 어찌 버틸 수 있으리오!"

말을 마치자마자 광성자가 검으로 다보도인의 얼굴을 향해 내리쳤다. 그러자 다보도인이 들고 있던 검으로 막아냈다. 다시 광성자가 번천인을 내려치자 다보도인은 미처 피하지 못하고 정확히 후심後心에 맞았다. 이곳은 등짝으로 보면 심장의 위치에 있다.

다보도인은 비틀거리다가 발을 헛디뎌 넘어지는가 했더니, 요행히 일어나 진영으로 도주했다.

연등도인이 말했다.

"이제 돌아가서 다시 상의합시다."

여러 선인들이 갈대집으로 들어가 앉았다. 이때 공중에서 신선의 노랫소리가 울리면서 오묘한 향기가 은은하게 풍겨왔다.

선인들이 갈대집을 나와 교주 사존을 영접했다. 원시천존은 구룡침향련九龍沈香輦 가마를 타고 왔는데, 그윽한 향기가 가득 퍼지고 천지의 기가 합하여 땅이 흔들렸다.

연등도인과 여러 제자들이 향을 피워 길을 인도하면서 갈대집으로 영접했다. 원시천존이 자리에 앉자 수많은 제자들이 절을 올렸다.

원시천존이 말했다.

"오늘에야 주선진에서 비로소 피차를 분별할 수 있게 되었구나."

한밤중인 자시子時가 되었을 때 원시천존의 이마 위로 상서로운 구름이 피어오르며 영롱한 옥구슬이 드리워지고 금빛 꽃 수만 송이가 끊임없이 이어져 저 멀리까지 광채가 빛났다.

다보도인은 진중에서 준비하다가 상서로운 구름이 피어오름을 보고 원시천존이 강림했음을 알았다. 그리고 혼자 생각했다.

'우리 진에도 사존께서 오셔야만 뭔가 알 수 있겠구나. 그렇지 않으면 어떻게 그를 대적할 수 있단 말인가?'

다음날 과연 벽유궁의 통천교주通天敎主가 왔다. 공중에서 신선의 음향이 맑게 울려왔고 이상한 향기가 퍼지면서 대소 신선들이 시중을 들며 따르고 있었다. 바야흐로 절교문중의 사존이 온 것이었다.

다보도인도 공중에서 신선의 곡조가 울려퍼지는 것을 듣고 그의 사존께서 오심을 알고서 바삐 진 밖으로 나가 영접했다.

이윽고 팔괘대八卦臺에 모셔 자리하게 하자 많은 문인들이 대 아래에서 시립했다. 위로는 통천교주의 4대제자인 다보도인·금령성·무당성모·귀령성모가 있었고, 그 밖에 금광선金光仙·오운선烏雲仙·곤로선昆蘆仙·영아선靈牙仙·규수선虬首仙·금고선金箍仙·장이정광선長耳定光仙이 따르고 있었다.

통천교주는 절교의 비조로, 5기氣의 원기를 단련하고 3화花가 정수리에 모였으며 또한 1만 겁의 세월 동안 죽지 않는 몸이었다. 자시가 되어 5기가 공중에 가득하자, 연등도인은 이미 절교의 사존이 왔음을 알았다.

다음날 날이 밝자 연등도인이 와서 여쭈었다.

"사부님, 오늘 주선진을 치는 게 어떻겠습니까?"

원시천존이 말했다.

"이곳이 어찌 내가 오래 머물 곳이겠는가?"

하면서 제자들에게 분부했다.

"정렬하라."

그러자 적정자는 광성자와 짝이 되고, 태을진인은 영보대법사와, 청허도덕진군은 구류손과, 문수광법천존은 보현진인과, 운중자는 자항도인과, 옥정진인은 도행천존과, 황룡진인은 육압도인과 짝이 되었다.

연등도인은 자아와 함께 뒤에 섰고, 금타와 목타는 화로를 집어들었고, 위호와 뇌진자는 옆으로 나란히 섰고, 이정은 뒤를 따랐다. 그리고 나타가 앞장섰다.

주선진 안에서 금종소리가 울리면서 한 쌍의 깃발이 나부꼈는데, 규우奎牛에 앉은 사람은 통천교주였고 좌우로 여러 대代의 문하제자들이 서 있는 것이 보였다. 통천교주는 원시천존을 보고 머리를 조아리면서 말했다.

"도형, 어서 오시오!"

원시천존이 말했다.

"현제賢弟는 어찌하여 이곳에 사악한 진을 설치했소? 이를 어찌 설명하려오? 당신의 벽유궁에서 '봉신방封神榜'을 함께 상의하던 당시 봉신할 때에는 세 등급으로 나누기로 했었소. 근행根行이 깊은 자는 선도仙道를 이루고, 근행이 그 다음이면 신도神道를 이루고, 근행이 천박하면 인도人道를 이루니, 이는 윤회의 법칙에 따른 것이오. 이것이 바로 천지의 생성변화인 것이오. 성탕이 세운 나라가 무도하여 그 운명이 종말에 직면했으나, 주왕실은 어질고 밝아 운세가 흥함을 맞이했소."

원시천존은 감정이 격해짐을 억누르지 못하고 이어 말했다.

"헌데 현제는 어찌하여 이 이치를 모르오. 오히려 강상을 막으면서 천상에서 드리운 징조를 위반하려 하시오? '봉신방' 안에는 응당 365도$_度$가 있고 8부$_部$로 뭇별들을 배열하여 여기에 당연히 삼산오악의 사람들이 들어 있는데도, 현제는 어찌하여 이를 거역하면서 스스로 믿음을 잃는 죄를 짓는단 말이오? 더구나 이 진의 이름 자체가 더욱 잘못되었소. 도대체 '주선誅仙'이라는 두 글자를 어찌 우리 도가에서 입에 올릴 수 있단 말이오? 또한 이 검의 주$_誅$·육$_戮$·함$_陷$·절$_絶$이라는 이름 역시 우리 도가에서 쓰는 말은 아니오. 현제는 어찌하여 이러한 과오를 저지른단 말이오?"

통천교주가 말했다.

"도형은 그걸 내게 물을 필요 없이 광성자에게 물으시오. 그럼 나의 본뜻을 알 수 있을 것이오."

"이 일이 어찌된 것인가?"

광성자는 벽유궁을 세 번 알현했던 사건을 한바탕 아뢰었다.

통천교주가 말했다.

"광성자, 그대는 일찍이 우리 교단이 시시비비도 논하지 않고 또한 좋고 나쁨도 가리지 않은 채 심지어 새나 짐승들까지도 가리지 않고 가르치면서 동일시하고 있다고 매도했도다. 생각건대 우리 사부께서 하나씩의 교를 세 도우에게 전해 주실 적에 나는 새나 짐승들과 함께했었다. 그렇다고 도형이 나와 같은 근본이 아니라고는 말할 수 없는 것 아니겠느냐?"

"현제, 그대는 광성자를 탓하지 마시오. 사실 그대의 문하들은 함부로 날뛰며 순리와 역리도 알지 못한 채 단순히 강함만을 믿고 사람의 말을 하나 행동은 짐승처럼 하고 있소. 현제 역시 어떠한 근행을 지닌 자인지도 가리지 않고 무조건 받아들여 제자로 삼아 피차간에 시비를 두고 싸움으로써 목숨을 도탄에 빠뜨리는 지경에까지 이르고 말았소. 이 어찌 그대가 차마 할 수 있는 일이겠소?"

"도형이 말한 바에 의하면 단지 당신의 문도들이 도리가 있다 해서 나까지 능멸해도 괜찮단 말이오? 우리 교단의 문도들일랑 걱정하지 마시오. 나는 이미 이곳에 이 진을 설치했으니, 도형께서 우리 진을 격파하러 오시면 곧 우열이 가려질 것이오."

"현제가 나에게 이 진을 격파하라 한다면 그건 어려운 일이 아니오. 내가 직접 그대의 진을 격파하러 갈 테니 기다리기나 하시오."

통천교주가 규우를 돌려 육선문戮仙門으로 들어가자 여러 문인들이 그를 따라 들어갔다.

이에 원시천존이 진을 격파하러 들어갔다. 구룡침향련에 앉아 비래의飛來椅 의자에 의지한 채 천천히 정동쪽으로 날아가니 바로 주선문誅仙門이 나왔다.

문 위에 한 자루의 보검이 걸려 있었는데, 이름하여 주선검이다. 원시천존이 수레를 '탁'하고 한번 쳐서 4게 체신四揭諦神에게 수레를 들고 일어나라고 명하자, 네 다리에서 네 가지의 금련화金蓮花가 생겨났고 꽃 위에서 광채가 나왔다. 그 광채 위에서 또 꽃이 생겨났다. 일시에 수만 송이의 금련화가 하늘을 수놓았다.

원시천존이 안에 앉은 채로 곧장 주선진 진문으로 들어갔다. 통천교주가 장심뢰掌心雷 우레를 한번 내쏘자 보검이 번쩍이면서 진동했다. 아무리 원시천존이라 하더라도 어찌지 못해 이마 위에서 한 송이 연꽃이 표연히 떨어졌다.

안에는 또 한 층의 주선관誅仙關이란 곳이 있었다. 원시천존은 정남쪽에서 안으로 걸어 들어가 정서쪽에 이르렀으며, 다시 정북쪽에서 주위를 바라보고는 노래를 불러 이를 비웃었다.

통천의 낯 두꺼움이 참으로 우스우니,
괜스레 진 안에 네 자루의 칼을 걸어놓았네.
헛되이 용심쓰며 수고하고 있으니,
나 혼자서 종횡으로 다니며 상대하리라.

주선진 안을 한 바퀴 돌아본 원시천존이 다시 동문으로 돌아나오자, 문인들이 영접하여 갈대집으로 들었다.

연등도인이 물었다.

"사부님, 그 진 안의 광경이 어떠했습니까?"

"보지 못했느니라."

남극선옹이 다시 물었다.

"사부께서 기왕에 그 진에 들어가셨으나 아무것도 보지 못하셨다면 어찌 그들을 부술 수 있고, 또한 어떻게 강 사제로 하여금 동쪽으로 움직이게 할 수 있겠습니까?"

"옛말에 '스승이 먼저고 그 다음이 웃어른이다'고 했느니라. 비록 내가 이 교단을 관장하고는 있으나 또한 사장師長이 계시니, 어찌 홀로 이 일을 전담할 수 있겠느냐? 대사형께서 오시면 저절로 방법이 생길 것이니라."

말이 채 끝나지도 않아 공중에서 한 가락 신선의 노랫소리가 들리면서 이상한 향기가 퍼졌다. 그리고는 이내 널빤지 같은 뿔이 난 청우靑牛에 한 성인이 앉아 오는 것이 보였다. 이는 현도대법사玄都大法師로 소를 타고 표연히 내려오고 있었다.

원시천존은 문하제자들을 이끌고 앞으로 나아가 영접했다. 두 사람이 손을 맞잡고 갈대집으로 들어가 앉자 여러 문인들이 절을 올리고 나서 양쪽으로 시립했다.

노자가 말했다.

"통천 현제가 이곳에 주선진을 설치해 놓고 서주군을 막아 강상으로 하여금 동쪽으로 움직이지 못하게 하니 도대체 어찌된 일인가? 내 그에게 이것을 물으러 왔으니 그가 내게 무슨 말을 하는지 보리라."

"오늘 빈도가 제 마음대로 그의 진에 먼저 한 차례 다녀왔습니다만 아직 겨루어 보지는 못했습니다."

"그대가 가서 그의 진을 격파해도 좋네. 만약 그가 순순히 따른다면 무관이겠으나 순순히 따르려는 생각이 없다면 자소궁紫霄宮으로 끌고 가서 사부께 보이고 그가 어떻게 설명하는지 들어보세."

두 명의 교주가 갈대집 위에 앉아 있었는데, 모두 경운채기慶雲彩氣가 하늘에 가득하여 계패관이 온통 붉게 물들었다.

다음날 날이 밝아지자 통천교주는 법지를 내려 여러 문인들에게 대오를 갖추어 나가라고 명하면서 말했다.

"대사형도 오셨으니 오늘 뭐라 하시는지 가서 보자!"

다보도인이 여러 문인들과 함께 금종과 옥경을 울리면서 곧장 주선진을 나가 노자께 대답을 청했다. 나타가 보고하기 위해 갈대집으로 올라왔다.

잠시 뒤 갈대집 안에서 그윽하고도 향기로운 연기가 피어오르고 상서로운 색채가 일렁이면서 노자가 청우를 타고 나왔다.

노자가 진 앞에 이르자 통천교주가 머리를 조아리며 말했다.

"도형, 어서 오십시오."

"현제! 나와 그대 등 세 사람이 함께 '봉신방'을 세울 때부터 우리는 하늘이 정해 준 운명의 수레바퀴에 함께 올라서지 않았는가? 그런데 어찌하여 서주군을 저지하여 강상으로 하여금 천명을 위반하게 하고 있는가?"

"도형! 도형은 한쪽으로만 생각하려 하지 마시오. 광성자가 세 번씩이나 벽유궁에 들어와 사악한 말과 욕지거리로 면전에서 우리 교단을 능멸하면서 법도를 지키지 않고 웃어른을 범했소이다. 어제 두 도형이 와서 단지 자신들의 문도들을 위해서만 의견을 고집하고 도리어 우리들을 멸하려 했으니 이것이 무슨 도리요? 그런데 지금 장형께서도 자기 제자는 질책하지 않고 오히려 나를 탓하시니 이 무슨 뜻이오? 내 원한을 풀도록 하려면 광성자를 나의 벽유궁으로 보내 내가 직접 처리하도록 해야 할 것이오. 그리되면 이 일은 없었던 일로 치리다. 만약 그런 생각 없이 장형 뜻대로 하시겠다면 각자 두 교단의 기량을 펼쳐 자웅을 가려야 할 것이오."

"그대가 하는 얘기를 들어보니 오히려 그대가 편향된 것이 아닌가? 그대는 문하제자들의 뒷공론을 편향되게 들은 것이란 말일세. 다짜고짜 불같이 화를 내어 이런 패악한 진법을 만들어 생명들을 해치니 어쩌자는 것인가? 광성자가 진실로 그런 말을 했는지는 단언할 수 없으나 설령 했다 하더라도 이런 식으로 벌해서는 안되네. 그대가 그러한 생각으로 본심을 버린 채 천도를 거스르고 올바른 규범을 지키지 않으면 진치지계嗔痴之戒를 범하는 것이네. 그대가 일찌감치 내 말을 듣고 이 진을 속히 해산하고 돌아가 벽유궁을 지키면서 지난날의 과오를 뉘우치고 고친다면, 그대가 절교를 관장토록 허용하겠네. 그러나 만약 내 말을 듣지 아니하면, 그대를 자소궁으로 데려가 사부께 보이고 그대를 장차 윤회의 구렁텅이에 떨어뜨려 다시는 벽유궁에 발붙일 수 없도록 하리니, 그때는 이미 후회해도 늦을 것이네!"

통천교주가 이 말을 듣고는 얼굴의 반쪽을 온통 붉

게 물들이고 수행안修行眼의 두 눈동자에 연기를 일으키며 크게 노해 소리쳤다.

"이담李聃! 나는 그대와 일체동인으로 두 교단을 관장하고 있거늘, 그대는 어찌하여 이렇듯 날 능멸하는가? 편협한 생각으로 자신의 과오를 감추고 변명하여 나를 해치려 하니 내 어찌 그대만 못하다 말할 수 있겠는가? 나는 이미 이 진을 설치했으니 결단코 그대를 그냥 두지 않으리라! 그대가 감히 나의 진을 쳐부수러 왔다는 것인가?"

노자가 웃으면서 말했다.

"뭐 어려울 것이 있겠는가? 그대는 이제 후회해도 소용없을 것이네."

노자가 또 말했다.

"기왕 내가 이 진을 격파하러 온 이상, 그대가 먼저 진에 들어가 준비를 다 끝내도록 배려하겠네. 그런 다음에 내가 들어가 그대의 손발이 번거롭지 않도록 하려네."

통천교주가 크게 노하여 말했다.

"그대가 나의 진으로 들어오면 한순간에 그대를 생포하리라!"

말을 마치고 통천교주는 규우를 돌려 함선문으로 들어가 함선궐陷仙闕 아래에서 노자를 기다렸다. 노자는 청우를 한번 두드려 서쪽으로 나갔다. 함선문 아래에 이르러 청우에 박차를 가하자 청우의 네 다리에서 밝은 광채와 흰 안개가 생겨났고, 자색의 기운과 붉은 구름이 일어나더니 곧장 하늘로 날아올랐다.

노자가 태극도를 흔들어 펼쳤더니 그것은 곧 금교金橋 즉 금빛 다리로 변했다. 노자는 그 길을 지나 함선문으로 기세등등하게 들어갈 수 있었다.

통천교주는 노자가 진 안으로 들어오는 것을 보고 별안간 손바닥에서 벼락을 내쏘았다. 그 소리가 한 번 진동하니 함선문 위의 보검이 흔들렸다. 이 보검은 움직였다 하면 어떠한 사람이든 신선조차도 목이 떨어지는 그런 굉장한 것이었다.

그러나 노자는 크게 웃으며 말했다.

"통천 현제, 좀 무례하구만. 내 지팡이 맛 좀 보게나!"

노자가 곧장 달려들었다. 통천교주는 노자가 무인지경으로 당당히 들어오는 것을 보고는 온몸에 불이 붙은 듯 얼굴을 붉히며 수중에 있는 검으로 황급히 그를 막았다. 한참 싸우고 있을 때 노자가 웃으면서 말했다.

"그대는 지도至道에 밝지도 못하면서 어찌 교주가 되어 다스릴 수 있단 말인가?"

이렇게 말하면서 지팡이로 얼굴을 향해 내리치자 통천교주가 크게 노해 말했다.

"그대는 무슨 도술이 있기에 감히 나의 제자들을 죽이려 하는가? 이 원한을 어떻게 풀랴!"

하면서 검을 들어 지팡이를 막았다. 두 성인이 주선진 안에서 상하를 불문하고 대적하여 서로 싸웠다.

반 시각쯤 지나자 함선문의 팔괘대 아래에 수많은 절교문인들만이 보였는데, 그들은 한 사람 한 사람이 모두 눈을 부릅뜨고 있었다. 그 진 안에서는 사면팔방에서 천둥소리가 울리고 바람이 우당탕 소리를 내며 불어왔다. 번갯불이 번쩍이고 안개마저 자욱해 혼미한 상태였다.

노자는 함선문에서 크게 싸우다가 이마 위에서 영롱한 보탑寶塔을 공중에 드러냈다.

노자는 스스로 생각했다.

'그는 자신의 도술에 의지할 줄만 알지 자신의 몸을 닦고 지킬 줄은 모르는구나. 이제 현도자부玄都紫府의 능력을 그의 문인들에게 보여줘야겠다.'

그러고 나서 청우를 한번 채서 한 마장을 벗어나왔다. 어미관을 한번 밀자 이마 위에서 세 줄기의 기운이 변하여 삼청三淸으로 변했다.

노자는 다시 통천교주와 싸웠다. 그런데 그때 정동쪽에서 종소리가 울리면서 한 도인이 나타났는데, 구운관九雲冠을 쓰고 대홍백학강초의大紅白鶴絳綃衣를 입고 흰 돼지

백역白殳을 타고 손에는 한 자루의 보검을 들고 있었다.

그 도인이 큰소리로 말했다.

"이 도형, 내가 그대에게 조금이나마 도움을 주려고 왔소!"

통천교주는 그가 누구인지 알아보지 못하고 급히 물었다.

"저 도인은 누구인가?"

"내가 누군지 시로써 얘기하겠노라."

천지가 처음 개벽할 때 도를 첫째로 삼았으니,
항상 있고 항상 없음이 모두 자연을 터득했네.
자줏빛 서기가 동쪽에서 오니 3만 리요,
함관函關을 처음 지난 이후로 5천 년이 지났네.

도인은 이렇게 시를 읊고 나서 말했다.

"내가 바로 상청도인上淸道人이네."

그 도인이 손에 든 검으로 공격하자, 통천교주는 상청도인이 어디에서 나왔는지도 모르고 황망히 그를 막으려 했다. 그러자 정남쪽에서 또 종소리가 들리면서 다시 한 도인이 왔다. 여의관如意冠을 쓰고 담황색의 팔괘의八卦衣를 입고 천마天馬를 타고 한 손에 영지여의靈芝如意를 들고 큰소리로 말했다.

"이 도형! 내가 그대를 도와 통천도인을 굴복시키러 왔소!"

그러고 나서 천마를 몰아 여의주를 내리쳤다.

통천교주가 물었다.

"지금 온 자는 누구인가?"

"나도 알아보지 못하는 자를 어찌 절교의 교주라 칭하는가? 나의 말을 들어보아라."

함관을 처음 나와 곤륜에 이르러,
화이華夷를 통일해 도문에 속하게 했네.
내 몸은 본래 천지와 함께 늙으니,
수미산은 쓰러져도 그 본성은 여전히 남아 있네.

"내가 바로 옥청도인玉淸道人이네."

통천교주는 그 연고를 알지 못하고 뇌까렸다.

'예로부터 오늘에 이르기까지 홍균鴻鈞께서 한 가지 도를 세 도우에게만 전하셨는데, 상청과 옥청이 무슨 교에서 왔는지는 모르겠구나.'

이렇게 중얼거리면서 수중의 칼로 막아냈지만 마음속에서는 의심이 일었다.

생각이 끝나기도 전에 정북향에서 또 한 번의 옥경 소리가 들리면서 다시 한 도인이 왔다. 구소관九霄冠을 쓰고 팔보만수자하의八寶萬壽紫霞衣를 입고 한 손에는 용수선龍鬚扇을 들었다. 또 다른 손에는 삼보옥여의三寶玉如意를 들고 지후地吼를 타고 와서 큰소리로 말했다.

"이 도형! 빈도가 당신을 도와 함선진을 쳐부수러 왔소!"

통천교주는 이 푸른빛 얼굴에 흰 머리카락을 한 도인을 보자 마음이 더욱 불안하여 급히 물었다.

"지금 온 그대는 누구인가?"

"그대는 나의 말을 들어보아라."

우주의 혼돈은 그 세월을 헤아릴 수 없으며,
천지가 개벽할 때 내가 먼저 거처를 정했네.
천지현황의 이치가 나와 함께하니,
그대들은 이 덕을 받고자 눈이 빠져라 날 기다렸지.

"내가 바로 태청도인太淸道人이네."

이렇게 네 명의 천존이 상하좌우로 통천교주를 포위하고 있었기 때문에 통천교주는 더 이상 그들을 막아낼 수가 없었다.

절교의 문인들이 바라보니 세 도인의 몸에서 만 갈래의 노을빛과 천 갈래의 상서로운 광채가 퍼져나왔는데, 그 휘황찬란함에 차마 눈을 뜰 수가 없었다. 그 중에서 장이정광선長耳定光仙이라는 자가 속으로 생각했다.

'참으로 훌륭한 천교로다. 이들은 필경 정기正氣임에 틀림없도다!'

하면서 마음속 깊이 이들을 흠모했다.

三教會破誅仙陣

삼교가 모여서 주선진을 격파하다

노자가 한 기운으로 변화시킨 상청上淸·옥청玉淸·태청太淸의 3청은 다만 원기元氣에 지나지 않는 것이었다. 비록 형체와 색이 있어 통천교주를 묶어 잡아두기는 했으나 역시 그를 다치게 할 수는 없었다. 이것은 노자가 기운으로 화하여 몸을 분리시키는 기화분신氣化分身의 묘수로 통천교주를 어리둥절하게 했으나 그는 끝내 그것을 알아챌 수 없었다.

노자는 한 기운이 장차 소멸하려는 것을 보고 청우 위에 앉아 시 한 수를 읊었다.

선천적인 것은 늙어지면서 후천적인 것으로 생겨나니,
오얏나무를 빌어 형체를 이루고 성명을 얻었네.
일찍이 홍균鴻鈞에게 절하며 도와 덕을 닦았으니,
바야흐로 일기一氣를 삼청으로 변화시킴을 알겠도다.

노자가 시를 읊고 나자 한 줄기 종소리가 들리더니 이내 세 도인이 사라졌다. 통천교주는 마음속에서 더욱 의혹이 짙어졌지만 곧바로 정신을 차리지 못하고 노자의 지팡이에 여러 번 얻어맞았다.

다보도인은 그의 사부가 당하는 것을 보고 팔괘대에서 달려나왔다. 다보도인이 큰소리로 외쳤다.

"사백! 내가 왔소이다."

다보도인이 검을 들고 날아서 곧장 내리쳤다. 그러나 노자는 웃으며 이렇게 말했다.

"쌀가루 같은 하찮은 구슬에서도 빛이 나는가!"

노자는 지팡이로 검을 막아내고 나서 풍화포단風火蒲團 보자기를 취해서 하늘로 던지며 황건역사에게 명했다.

"이 도인을 데려다가 도원桃園에 두고 나의 처분을 기다려라!"

그러자 황건역사가 풍화포단으로 가볍게 다보도인을 둘둘 말아들고 갔다.

이제 노자는 싸움에 더 이상 미련을 두지 않고 함선 문을 나와 갈대집으로 갔다. 그러자 많은 제자들과 함께 원시천존이 영접하여 발 아래 엎드렸다.

원시천존이 물었다.

"도형께서 그의 진에 들어가셨는데 보시기에 어떠했습니까?"

노자가 웃으며 말했다.

"그가 비록 그 악한 진을 만들어놓기는 했지만 하루아침에 그곳을 때려 부수기는 힘들 것 같네. 그래도 내가 두어 번 그를 지팡이로 쳤네. 다보도인은 내가 풍화포단을 써서 현도로 보내버렸네."

"이 진에는 네 개의 문이 있는데, 네 곳에 역량있는 네 사람이 있다면 이길 수 있을 것입니다."

"내 그대와 함께 지킬 수 있는 곳은 두 곳뿐이니 여전히 두 곳이 남네. 그렇지만 그곳은 제자들이 부술 만한 그런 곳이 아니네. 그 검은 나와 그대에게는 두려울 것이 없지만, 다른 사람들이 어찌 그 검을 이기고 나아갈 수 있겠는가?"

이렇게 얘기를 나누는데 홀연히 광성자가 와서 아뢰었다.

"두 분 사부님, 밖에 서방교西方敎의 준제도인께서 오셨습니다."

이 말을 듣자 노자와 원시천존 두 사람은 황급히 갈대집 아래로 내려가 영접하여 모신 뒤에 예의를 갖추고 나서 앉았다.

노자가 웃으며 말했다.

"도형께서 이곳까지 오신 것은 모두가 주선진을 격파하여 서방의 인연을 거두기 위함인 것으로 압니다. 그렇지 않아도 빈도가 도형께 신세를 좀 지려고 했는데, 뜻밖에 도형께서 먼저 이곳까지 와주셨습니다. 이는 천명에 부합하는 것이니 이 묘함을 어찌 말로 다할 수 있겠습니까?"

"솔직히 말씀드려 내가 있는 서방에서는 꽃이 피었을 때 사람을 보면 그 사람이 나를 만나게 되어 있소. 이러한 연유로 빈도가 동남쪽으로 오게 되었지만, 아직 인연 있는 사람을 만나지 못했소. 그런데 여러 차례 동남쪽의 두 곳에서 수백의 홍기紅氣가 충만함을 보고서야 인연이 있는 사람이 누군지를 알게 되어 빈도가 이곳에 오게 되었소. 인연이 있는 사람을 구제하여 서방의 법도를 흥하게 하고자 천릿길도 마다하지 않고 왔으니, 절교문하의 여러 도우들을 한번 만나보겠소이다."

"오늘 도형께서 이곳에 오신 것은 하늘이 드리운 징조

결국 접인도인은 준제도인의 말대로 동쪽 땅으로 동행했다. 단지 발로 상서로운 구름을 밟고 가는 것이 보이더니 삽시간에 갈대집에 이르렀다.

광성자가 와서 노자와 원시천존에게 보고하며 아뢰었다.

"서방의 두 분 사존께서 오셨습니다."

그러자 노자와 원시천존은 많은 제자들을 이끌고 갈대집을 내려가 그를 영접했다. 한 도인이 보였는데 키가 1장 6척이나 되었다.

노자는 원시천존과 함께 접인도인과 준제도인을 영접하여 갈대집으로 올라와 머리 숙여 절하고 앉았다.

노자가 말했다.

"오늘 감히 번거롭게 하면서 삼교가 회맹한 것은 모두 잘못된 운세를 온전케 하려 함이지, 우리가 일부러 이러한 입장을 만들어낸 것은 아닙니다."

접인도인이 말했다.

"빈도가 이곳에 온 것은 인연이 있는 객을 만나고자 함이며, 또한 저승의 천명 때문이오."

원시천존이 말했다.

"오늘 네 도우가 모두 모였으니 일찌감치 저 진을 쳐부숴 버립시다. 무슨 이유로 이 속세에서 오랫동안 소란을 피우겠습니까?"

노자가 말했다.

"그대는 여러 제자들에게 내일 진을 격파하도록 분부를 내리게."

원시천존은 옥정진인·도행천존·광성자·적정자에게 명했다.

"그대들 넷은 가서 일에 착수하라."

원시천존은 손바닥에 부인符印을 하나씩 그려주면서 말했다.

"날이 밝으면 그대들은 진 안에서 천둥소리와 화염의 광채가 충만하게 일어나는 것을 기다렸다가, 일제히 그 네 자루의 검을 재빨리 뽑아가지고 오라. 내 기묘히 쓸 것이니라."

네 사람은 명령을 받고 자리에서 일어났다. 또 연등도인에게 명했다.

"그대는 공중에 있다가 만약 통천교주가 올라와 달아나려 하면 정해주定海珠로 내려쳐라. 그러면 그는 자연히 다치게 될 것이다. 일이 이렇게 되면 우리 천교의 도법이 끝없음을 알게 될 것이다."

원시천존의 분부가 끝나자 각자 돌아가 쉬었다.

다음날 날이 밝아오기를 기다렸다가 문하의 많은 제

자들이 진용을 가다듬으면서 금종과 옥경을 세차게 두드렸다. 네 명의 교주가 다함께 주선진 앞에 이르러 좌우에게 명했다.

"통천교주에게 가서 우리가 이 진을 부수러 왔다고 전하라."

좌우에서 진으로 급히 들어가 보고했다. 그러자 통천교주가 문하제자들을 이끌고 일제히 육선문을 나와 네 교주를 맞이했다. 통천교주가 접인도인과 준제도인을 향해 말했다.

"당신들 두 분은 서방교의 청정지향에 있는 것으로 내 알고 있는데 어인 일로 여기까지 오시게 되었소?"

준제도인이 말했다.

"우리 형제는 비록 서방의 교주이긴 하지만, 인연이 있는 자를 만나러 특별히 이곳까지 왔으니 도우는 내 말을 좀 들어보시오."

몸은 연꽃 가득한 청정대淸淨臺에서 나니,
삼승三乘의 묘전법문妙典法門이 열리네.
눈부시게 빛나는 사리舍利는 평범한 속세를 초탈했고,
영락명주瓔珞明珠는 속세의 먼지와 인연을 끊었네.
팔덕지八德池 가운데에서는 자줏빛 불꽃이 피어나고,

칠보묘수七寶妙樹에는 금빛 이끼가 자라네.
단지 동토에 영웅호걸이 많기 때문에,
전생의 인연을 만나 성태聖胎를 맺으러 왔다네.

접인도인이 말을 마치자 통천교주가 말했다.
"당신은 당신의 서방이 있고 나는 나의 동방이 있소. 물과 불이 함께 거할 수 없는 것처럼 우리도 그러하오. 당신은 무슨 연유로 이곳에 와서 번거로움을 끼치시오? 당신은 연꽃의 화신이며 청정무위를 행하면서 오행의 변화처럼 곧바로 그 효과가 나타난다고 말하지만, 이제 나의 말을 들어보시오."

태초 혼돈이 있을 때 바야흐로 몸에 선천의 기를 합했고,
만겁이 수천 번이라도 단지 자연스럽기만 하네.
끝없이 멀고 아득한 무위로 대법을 전하니,
미동도 하지 않고 태초의 현묘함을 부르네.
화로에 오랫동안 달구는 것은 모두 수은은 아니고,
물외物外에 장생長生하는 것은 모두 건乾에 속한 것이네.
변화하는 것은 끝이 없이 또 변화하니,
서방의 불사佛事는 속세를 떠나 선도에 들어감이네.

속세를 떠나 선도禪道에 들어감을 도선逃禪이라 한다.

준제도인이 말했다.

"통천 도우, 능력을 과장하면서 설전할 필요는 없소. 도란 깊은 바다와 같은 것이니 어찌 말로 나타낼 수 있겠소? 단지 지금 우리 넷이 이곳에 왔으니 그대가 이 진을 잘 수습하기를 권하오. 어떻소?"

통천교주가 말했다.

"기왕 당신들 넷이 여기에 왔으니 어디 우열이나 가려봅시다."

통천교주가 말을 마치고 마침내 진 안으로 들어갔다.

원시천존이 서방교주를 향해 말했다.

"도형, 지금 우리 넷이서 각각 한 방향씩 쳐들어가 일제히 공격합시다."

접인도인이 말했다.

"나는 이궁離宮 즉 남방으로 들어가겠소."

그러자 노자는 태궁兌宮 즉 서방으로, 준제도인은 감지坎地 즉 북방으로, 원시천존은 진방震方 즉 동방으로 들어가기로 했다. 네 교주가 각기 진 안으로 들어갔다.

먼저 원시천존이 진방으로 들어가 사불상을 타고 곧장 주선문으로 들어갔다. 팔괘대에 앉아 있던 통천교주가 손바닥에서 천둥과 벼락을 때리자 주선보검이 진동했다. 그러더니 갑자기 보검이 움직였다.

하지만 원시천존의 이마 위에서 상서로운 구름이 솟아오르고 수천 송이의 금빛 꽃이 피어나면서 영롱한 구슬이 끊임없이 이어져 있었다. 그러니 검이 어찌 내려오겠는가!

원시천존은 주선문으로 들어가 주선궐誅仙闕에 당도했다.

서방교주는 이궁으로 들어갔는데 그곳은 육선문이었다. 통천교주가 또 벼락을 때려 그 보검을 진동시켰다. 그러나 접인도인은 이마 위에서 세 알의 사리를 드러내 육선검에 쏘았다. 그러자 그 칼은 못처럼 박혀 내려올 수가 없었다.

서방교주는 육선문으로 들어가 육선궐에 이르러 멈춰 섰다.

노자는 서방의 함선문으로 들어갔다. 통천교주가 또 함선검을 향해 벼락을 쳤으나, 노자는 이마 위에서 영롱한 보탑寶塔과 수만 줄기의 광채를 드러내 함선검을 향해 쏘았다.

노자는 함선문으로 들어가서 함선궐에 당도했다.

준제도인 또한 절선문으로 들어가자 통천교주가 벼락을 쳐서 절선검을 진동시켰다. 준제도인은 칠보묘수七寶妙樹를 손에 들고 수천 송이의 푸른 연꽃을 절선검에 쏘

앉다.

준제도인은 절선문으로 들어가 절선궐에 도착했다.

네 명의 교주가 일제히 궐 앞에 당도하자 노자가 말했다.

"통천교주, 우리가 모두 그대의 주선진에 들어왔으니 그대는 어찌할 것인가?"

노자가 손바닥에서 벼락을 쏘아 사방을 진동시키자, 주선진 안에서 노란 안개가 솟구치면서 주선진을 뒤덮어버렸다.

통천교주가 검으로 접인도인을 내리쳤다. 접인도인은 손에 아무 무기도 없이 단지 먼지떨이개 하나밖에 없었다. 그러나 먼지떨이에는 오색의 연꽃이 있었으며, 그 한 송이 한 송이가 칼을 막아내고 있었다.

노자는 지팡이를 들어 마구 내리쳤으며, 원시천존은 상보옥여의로 칼을 막아내면서 난타했다.

준제도인이 몸을 요동하면서 큰소리로 "도우, 빨리 오라!"고 말했더니, 공중에서 또 공작명왕孔雀明王이 왔다. 준제도인이 법신을 나타내자 24개의 머리와 18쌍의 팔이 생겨났다. 영락瓔珞·산개傘蓋·화관花貫·어장魚腸·금궁金弓·은극銀戟·가지신저加持神杵·보좌寶銼·금병金瓶을 쥐고 통천교주를 그 안에 포위했다.

노자가 지팡이로 등짝을 후려치자 얻어맞은 통천교주의 몸에서 삼매진화가 뿜어져 나왔다. 원시천존이 삼보옥여의로 통천교주를 내려쳤는데, 통천교주는 옥여의를 막아내는 데 급급하여 준제도인이 가지저加持杵로 때리는 것을 막아낼 수 없었다.

통천교주는 규우에서 꼬꾸라져 곧바로 토둔법으로 도망쳤다. 그러나 공중에서 연등도인이 기다리고 있는 것을 알지 못해 연등도인에게서 정해주定海珠로 또 한번 두드려 맞았다.

진 안에서 뇌성이 더욱 급해지자 밖에 있던 네 도인이 각자 부인을 몸에 지니고 황급히 진으로 들어갔다. 광성자는 주선검을 빼들고 갔고, 적정자는 육선검을, 옥정진인은 함선검을, 도행천존은 절선검을 빼들고 갔다.

그 진은 곧바로 파괴되어 버렸다. 통천도인은 홀로 도망쳤고 많은 제자들은 뿔뿔이 흩어졌다.

네 교주가 주선진을 격파하자 원시천존이 웃으며 시를 지었다.

통천교주의 밝지 못함에 절로 웃음이 나니,
천 년을 관장한 교단 여러 목숨을 죽음으로 몰아넣었네.
저 악한 무리에 의지하여 선교仙敎를 더럽히고,

번번이 사악한 우두머리를 불러모아 부질없이 횡행했네.
보검을 헛되이 걸어놓고 그런 일을 했으나,
괜스레 원기만 낭비하고 결국 이름도 남기지 못했네.
순리와 역리를 알지 못하여 먼저 욕됨을 보았으니,
오히려 홍균鴻鈞이 배반했다고 말하려 하네.

네 교주가 갈대집으로 들어와 앉자 원시천존이 서방 교주에게 감사하며 말했다.

"우리 문도들이 살생계를 범했기 때문에 수고롭게도 도형께서 여기까지 오셔서 도와주심으로써 이러한 겁운劫運을 끝낼 수 있게 되었으니 참으로 감사드립니다."

노자가 제자들에게 말했다.

"통천교주는 하늘을 거역하여 일을 행했기에 자연히 패하고 이기지 못한 것이나, 그대와 우리는 하늘에 순응하여 일을 행했기 때문에 천도의 화복과 선악이 등잔불에 그림자가 생기듯이 조금도 착오가 없었던 것이다. 이 진이 격파되었으니 그대들은 장차 겁수劫數를 완전히 하여 각각 일을 잘 처리하도록 하라. 강상, 그대는 가서 관을 취하라. 우리는 이제 산으로 돌아갈 것이다."

많은 문도들이 자아와 이별하고 네 교주를 따라 각자 산으로 돌아갔다.

자아는 사존을 배웅하고 사수관으로 돌아와서 대왕을 만났다. 많은 장관들도 함께 와서 알현했다. 원수가 부에 이르러 알현하자 대왕이 말했다.

"상보께서 사악한 진을 격파하러 멀리 떠났으나 여러 신선들이 강림했기에 짐은 감히 사람을 보내 안부를 물을 수가 없었습니다."

자아는 황공하여 말했다.

"성은이 망극합니다. 하늘의 돌보심으로 말미암아 삼교의 성인들께서 친히 오셔서 모두 함께 주선진을 깨트렸습니다. 지금 계패관 앞에 군대가 집결해 있으니 대왕께서는 내일 행차하소서."

대왕은 주연을 베풀어 공적을 축하했다.

한편 통천교주는 노자에게서 지팡이로 얻어맞고, 또 준제도인에게 가지보저加持寶杵로 얻어맞아 위신이 크게 손상되었다. 또한 네 보검마저 빼앗겼으니 무슨 면목으로 여러 큰제자들을 만날 수 있겠는가! 그는 혼자 생각했다.

'차라리 자지애로 가서 제단을 세우고 악번惡旛을 만들어 모시는 것이 낫겠다. 육혼번六魂旛을 만들어 그들을 저주하리라.'

그리하여 통천교주는 이내 자지애로 날아가 일을 행했다. 그가 만든 깃발에는 여섯 갈래의 꼬리가 있는데, 그 꼬리마다 접인도인·준제도인·노자·원시천존·주무왕·강상 등 여섯 명의 이름을 쓰고, 아침저녁으로 부적을 찍으면서 깃발을 모시는 의식이 끝나기를 기다렸다가 이 깃발을 흔들어 여섯 명의 생명을 해치려 했다.

통천교주가 모신 깃발은 나중에 만선진萬仙陣에서 사용된다.

한편 계패관에서는 서개徐蓋가 은안전으로 올라가서 여러 장수들과 상의했다.

"바야흐로 지금 주나라의 군사가 사수관을 취했으니 주둔병력을 쓸 수 없게 되었소. 전날 왔던 다보도인이 주선진을 설치했으나 그 승패도 또한 알지 못하오. 그러니 이제 상주문을 작성하여 관리를 조가로 보내 구원병을 청하여 함께 이 관문을 지킵시다."

그리하여 파견된 관리가 상주문을 가지고 조가로 갔다. 황하를 건너 쉬지 않고 길을 달려 조가성으로 들어갔다. 궐문에 이른 뒤 말에서 내려 문서방으로 갔다.

그날은 기자箕子가 상주문을 보고 있었는데, 서개의 상주문을 보더니 크게 놀라 말했다.

"강상의 병력이 사수관으로 진입하여 좌우 청룡관과 가몽관을 빼앗고 계패관에까지 이르렀다니 참으로 화급한 일이로다!"

기자는 황급히 상주문을 들고 천자를 뵈러 녹대로 갔다. 당가관當駕官이 아뢰었다.

"기자께서 어지를 기다리십니다."

천자가 드시라 하자, 기자가 녹대에 올라 절을 올린 뒤 서개의 상주문을 올렸다. 천자는 상주문을 죽 훑어보고 가슴이 철렁하여 기자에게 말했다.

"무도한 강상이 반란을 일으켜 짐의 요충지를 침탈하고 있으니, 필히 장수들은 힘을 합하여 지켜야 저들의 사악함을 막을 수 있을 것이오."

"지금처럼 사방이 편안하지 않을 때 강상이 스스로 주무왕을 옹립한 데는 작지 않은 뜻이 있습니다. 지금 60만의 병력을 이끌고 5관을 침략하고 있으니, 신은 크게 근심하여 어찌할 바를 모르겠습니다. 그러니 원컨대 황상께서는 잠시 음주와 가무를 멈추시고 국사로서 근본을 삼아 사직을 중히 여기소서! 통찰하소서!"

"황백皇伯의 말씀이 옳소. 짐은 여러 경들과 함께 상의하여 장수를 뽑아 관문을 지키도록 하리다."

기자가 물러갔다. 천자는 근심스러워 기분 좋게 즐길

마음이 나지 않았다. 그때 달기와 호희미가 전을 나와 어가를 영접하여 예를 갖추며 앉았다.

달기가 말했다.

"오늘 성상의 용안이 즐겁지 않으시니 어인 일이시오니까?"

"그대는 아무것도 알지 못하오. 지금 강상이 군사들을 이끌고 관새를 침범하여 이미 세 관을 장악했다지 않소. 더구나 사방에서 병란이 일어나 소란하니 짐의 마음이 불안하고, 종묘사직이 걱정되어 이렇게 근심이 가득한 것이오."

그러자 달기가 교태롭게 웃으면서 아뢰었다.

"폐하께서는 아랫것들의 속셈을 알지 못하고 계시오니다. 그들은 모두 변방의 무장들로 서로 이익을 독차지하려 하고 있지요. 그래서 그들은 서주의 60만 병사가 우리 관문을 침탈했다고 거짓으로 말하고 대신들을 뇌물로 매수하여 폐하께 아뢰게 했나이다. 그리함으로써 돈과 식량을 지원받으려 하고 있지요. 관새를 지키는 장수와 관리들은 헛되이 지출을 낭비하고 조정의 돈과 식량을 헛되이 축내고 있나이다. 진실로 사리사욕만을 채우기에 급급할 뿐이오이다. 그러니 관새를 침범한 군대가 있다는 것은 사실일 수가 없지요. 안이나 밖이나 모두 폐하를 속이고 있으니 참으로 한스럽나이다."

어리석어 이미 혜안을 잃어버린 천자는 달기의 말을 듣고 그 말에 일리가 있다고 깊이 믿었다. 그리하여 달기에게 물었다.

"그런데 만약 관새를 지키는 관리가 또다시 이러한 상주문을 보낸다면 어찌하면 좋겠소?"

"윤허하실 필요가 없나이다. 단지 상주문을 전하는 재본관賚本官 하나를 참수하여 이후를 경계하소서."

천자는 이 말을 듣고 매우 기뻐하며 어지를 내렸다.

"재본관의 목을 잘라 조가에 효수하라!"

기자는 이를 알고 급히 내정으로 들어가 천자를 뵈었다.

"황상께서는 어이하여 사명使命을 죽이려 하십니까?"

"황백은 변방의 장수들이 자신의 이익을 위해 서주의 60만 군사가 침입했다고 거짓을 꾸며 국고의 전량을 빼내려는 계획임을 모르고 하는 소리이오이다. 안팎으로 짐을 기만하니 마땅히 참수하여 이후를 경계해야 할 것이오."

"강상이 병사 60만을 거느리고서 3월 15일 금대金臺에서 장수로 임명된 것은 천하가 다 아는 사실로 오늘에야 황제폐하께 알리는 일이 아니잖습니까? 황상께서 계패관에서 보낸 사신을 죽인다는 것은 옳지 않은 일인 줄 아옵니다. 이는 오히려 변방과 장수들의 사기를 떨어뜨리는 일입니다."

"강상은 겨우 한 술사에 불과할 뿐인데 무슨 큰 뜻이 있단 말이오? 더구나 아직도 우리에겐 네 관의 요충이 있으며, 황하와 맹진孟津이 있어 그들을 막아주고 있소. 그러니 어찌 사소한 일로 걱정하겠소? 황백께선 마음을 놓으시오. 걱정할 필요가 없는 일이오."

천자의 이 말을 듣자 기자는 한숨을 깊게 내쉬고 물러갔다. 그는 조가의 궁전을 바라보며 자기도 모르게 하염없이 눈물을 흘리면서 탄식했다. 기자가 구간전에서 시를 지어 탄식했다.

옛날 성탕께서 걸桀을 방벌할 때를 돌아보니,
제후 8백이 모두 그분께로 돌아왔었지.
허나 6백여 년이 지난 뒤에,
남소보다 몇 배나 더 심할 줄을 누가 알았으리!

'남소南巢'는 걸왕이 추방당했다가 죽은 곳이다.

기자가 시를 짓는 동안 한 사람의 목이 베어졌으니 그는 바로 계패관에서 보낸 재본관이었다. 이로써 천하의 관문을 지키는 장수들에게 어떤 영향이 미칠지 천자는 한번 더 깊이 생각해 보지 않았다. 오직 달기만이 즐거워할 따름이었다.

기자는 시를 다 짓고 관청으로 돌아갔다.

한편 강 원수는 사수관에서 인마를 점검하여 진군하기 전에 대왕께 문안인사를 올리러 갔다.

자아가 대왕을 뵙고 말했다.

"노신이 먼저 가서 관을 안돈한 뒤에 모시도록 하겠나이다."

"다만 상보께서 하루 빨리 제후를 회합하는 것만이 짐이 바라는 일이오."

자아는 대왕과 작별하고 포성을 울리면서 인마를 이끌고 계패관으로 진격했다. 단지 80리 밖에 떨어져 있지 않았기 때문에 시간이 얼마 걸리지 않았다.

한참 행군하고 있을 때 정탐병이 선두가 이미 계패관에 당도했음을 알리자, 자아는 막사를 치고 병사들을 주둔시키라는 영을 내렸다. 병사들이 포를 터뜨리며 함성을 질렀다.

관문 밖에 서주군이 주둔한 것을 안 서개는 여러 장수들과 함께 성루로 올라가 살폈다. 주나라 병사들은 모두 붉은 깃발을 내걸고 가시나무로 울타리를 만들어 삼엄하게 경계했는데, 병사들의 위세가 매우 엄숙했다. 그 광경을 지켜보던 서개가 말했다.

"자아는 곤륜산의 도사로서 용병에 매우 절도가 있으니 그 영채가 매우 특이하도다."

옆에 있던 선행관 왕표王豹와 팽준彭遵이 말했다.

"주장께서는 그들의 능력을 과대평가하지 마십시오. 저희들이 성공하는 것을 보십시오. 강상을 반드시 잡아서 조가로 압송하여 국법으로 다스리겠습니다."

말을 마치고 그들은 각자 성가퀴를 내려가 싸울 준비를 했다.

다음날 자아가 제장들에게 물었다.

"어느 장수가 첫번째 공을 세우겠는가?"

그러자 곧장 위분魏賁이 나서며 가겠다고 자청하자 자아가 이를 허락했다. 위분이 말에 올라 관 아래에 이르러 싸움을 걸었다.

정탐병이 보고하자 서개가 말했다.

"저들에게는 많은 장수들이 이곳에 왔으니 우리는 먼저 뒷일을 상의토록 합시다. 천자는 간사한 말을 믿고 사신을 죽였으니, 이는 스스로 멸망을 자초하는 것으로 신하들이 충성스럽지 못하기 때문은 아니오. 지금 천하가 이미 주무왕에게 돌아갔으니 이 관을 지키기 어렵다는 것은 뻔한 일이오. 여러 장수들도 이 사실을 간과해서는 안되오."

그러자 다시 팽준이 말했다.

"주장의 말씀은 틀리셨습니다! 우리들은 모두 천자의 신하이니 충성을 다해 보국함이 마땅한데, 어찌 하루아침에 군주를 저버리고 사사로운 이익을 따르겠습니까? 옛말에 이르기를 '임금의 녹을 받아먹으면서 그 땅을 다른 사람에게 바치는 것은 충성되지 못한 일'이라 했습니다. 소장은 차라리 죽을지언정 그렇게는 못하겠습니다. 원컨대 견마지로를 다하여 임금의 은혜에 보답코자 합니다."

팽준이 말을 마치고 관 밖으로 나가자, 위분이 인마를 거느리고 구름처럼 밀려왔다. 위분의 두건은 온통 검은 색이고 머리끈은 붉은 구슬띠로 두르고 있었다. 걸친 도포는 옻칠한 듯 검고 철갑옷은 푸른 소나무와 같았으며 한눈에도 매우 날쌔게 보였다.

팽준이 큰소리로 외쳤다.

"서주장수는 통성명이나 하시오!"

그러자 위분이 말했다.

"내가 바로 성탕의 무리들을 소탕한 천보대원수 강상

휘하의 좌초선봉장 위분이오. 그대는 대체 누구신가? 만약 천명의 기미를 알았다면 일찌감치 그 관을 우리에게 넘겨주고 주왕실을 도우시오. 무기를 버리지 않으면 성을 파괴하는 날 옥석玉石을 모두 불살라버릴 것이니 그때 후회해 본들 어찌리오."

팽준이 크게 노하여 말했다.

"위분, 필부에 지나지 않는 그대가 감히 큰소리를 치느냐!"

이렇게 말하며 창을 흔들고 말을 재촉하여 곧장 나아갔다. 위분이 창으로 막았다. 이내 한바탕 큰 접전이 벌어졌다. 그렇게 30여 합을 싸웠는데, 팽준은 위분에게 미치지 못하자 창을 거두고 남쪽으로 패주했다. 위분은 팽준이 패주하는 것을 보고 말을 몰아 쫓았다.

팽준이 돌아보니 위분이 쫓아오는 것이 보였다. 팽준은 황망히 창을 걸어두고 주머니에서 뭔가를 꺼내더니 그것을 땅바닥에 뿌렸다. 그것은 바로 함담진菡萏陣이라 불리는 것으로, 천·지·인 3재才와 팔괘의 방위에 따라 하나의 진을 펼쳤다.

팽준이 진 안으로 먼저 들어갔다. 위분은 어찌된 영문인지 모른 체 말을 달려 진으로 쫓아 들어갔다.

팽준이 말에 탄 채 손바닥에서 천둥번개를 내리치자

함담진이 크게 진동했다. 진 안에서 검은 연기가 뿜어 나오고 천둥소리가 들리면서 위분은 물론 사람이나 말이나 할 것 없이 모두 가루로 변했다. 팽준은 승전고를 울리면서 관으로 돌아갔다.

자아진영의 정탐병이 중군에 보고했다.

"원수께 아룁니다. 위분은 물론이고 함께 갔던 인마들이 모두 가루로 변했습니다."

자아가 이를 듣고 크게 탄식하여 말했다.

"충성스럽고 용맹한 위분이 가련하게도 비명에 죽었구나. 불쌍한지고, 불쌍한지고!"

자아는 크나큰 슬픔에 빠졌다.

팽준이 관으로 들어가 서개를 보고 위분을 죽인 승리의 이야기를 한바탕 하자, 서개는 그의 공적을 기록했다.

다음날 서개가 여러 장수들에게 말했다.

"관에는 식량이 절대적으로 부족하고 조정에서도 관을 함께 지킬 장수를 파견하지 않으니, 비록 어제 그들을 한 번 이겼다고는 하나 이 관을 끝까지 지켜낼 수 없을까 두렵소."

이렇게 의논하고 있을 때 갑자기 주나라 장수가 싸움을 걸어왔다는 보고가 들어왔다. 그러자 미처 허락이 떨어지지도 않았는데, 왕표가 "제가 가겠습니다" 하고 말에 올라 갈래창인 극戟을 들고 관문을 열었다.

그곳에 한 주나라 장수 하나가 보였는데, 그 뒤에는 사람이고 말이고 모두 푸른색이었다. 왕표가 말했다.

"주나라 장수는 이름이 무엇인가?"

"내가 바로 기주후 소호니라."

"소호, 공이야말로 천하에 무정하고 의리가 없는 사람이오! 공의 딸은 천자의 총애를 받고 있고, 공은 국가의 인척으로서 가문의 모든 사람들이 황가皇家의 부귀를 누리고 있는데도, 근본에 보답하려는 생각은 하지 않고 오히려 주무왕을 도와 반란을 꾀하여 옛 주인의 요충지를 침탈했도다. 공은 무슨 면목으로 천지간에 설 수 있단 말이오?"

이렇게 말하고 말을 재촉하여 갈래창을 흔들면서 소호를 치러 달려갔다. 창과 창이 서로 부딪쳤다.

소호와 왕표가 한창 싸우고 있을 때, 소전충·조병趙丙·손자우孫子羽 등 세 장수가 일제히 나와 왕표를 한가운데 놓고 포위했다. 왕표는 어떻게든 막아보려 했으나 아무래도 중과부적이었으므로 말을 몰아 포위망을 빠져나와 달아났다. 조병이 그 뒤를 따라 쫓아갔다.

한참을 쫓아가다가 조병은 왕표가 손을 돌려 쏜 벽면뢰劈面雷 번갯불에 정면으로 얼굴을 맞았다. 가련하게도 그는 어가를 따라 동정에 나섰다가 대왕으로부터 봉작의 상을 받지도 못하고 말안장에서 꼬꾸라졌다.

손자우가 급히 그를 구하러 갔을 때, 왕표가 다시 한 번 번개를 내리쳤다. 이 벽면뢰는 불덩어리를 갖고 있어서 매우 사납고 무서웠다. 손자우는 번갯불에 얼굴을 데인 채 말에서 떨어졌다. 이때 왕표는 재빨리 갈래창으로 한 사람씩 찔러 죽였다.

소호 부자는 더 이상 감히 앞으로 나아가지 못했다. 왕표는 자신이 승리한 것을 알고 승전고를 울리면서 관으로 들어가 서개를 만났는데, 연거푸 두 장수를 해치우고 승리하여 돌아왔으므로 의기양양이었다.

한편 소호부자는 군영으로 들어가 자아를 뵙고 두 명의 장수를 잃었음을 보고했다. 그러자 자아가 노하여 말했다.

"왕공 부자는 역전의 장수로 어찌 나가고 물러섬을 알지 못하여 아까운 두 장수를 잃기까지 했단 말입니까?"

그 말을 들은 소전충이 말했다.

"원수께 아룁니다. 만약 사술을 부리지 않고 싸웠더라면 응당 잘 막아낼 수 있었을 것입니다. 그러나 오늘 왕표는 환술幻術을 부려 손에서 번갯불을 발사했는데, 그

것을 얼굴에 맞으면 얼굴이 곧바로 불에 타버리니 어찌 피할 수 있었겠습니까? 사술이 있었기에 두 장수를 잃은 것입니다."

자아가 탄식했다.

"내가 잘못하여 충성스럽고 어진 장수를 둘씩이나 죽였구나! 참으로 한스럽도다!"

다음날 자아가 물었다.

"여러 문도 중에 누가 관 아래로 가서 싸워보겠는가?"

말이 채 끝나지도 않아 뇌진자가 가겠다고 나서자, 자아가 이를 허락했다. 뇌진자가 군영을 나가 관하에 이르러 싸움을 걸었다. 정탐병이 관 안으로 들어가 보고하자 서개가 물었다.

"이번엔 누가 나가 싸우겠는가?"

팽준이 명을 받고 관을 나섰더니 뇌진자가 보였다. 뇌진자는 매우 흉악하게 생겼는데, 짙푸른 얼굴에 커다란 입과 붉은 머리카락을 하고 날카로운 이빨이 위아래로 마구 뻗어 있었다.

팽준이 큰소리로 물었다.

"거기 오는 자는 누구인가?"

"내가 바로 주무왕의 왕제 뇌진자니라!"

팽준은 뇌진자의 옆구리에 한 쌍의 날개가 있는 것

도 모르고, 창을 흔들면서 말을 몰아 달려들었다. 그때 뇌진자가 풍뢰시를 펄럭이며 날아올라 황금곤黃金棍으로 팽준의 머리를 향해 내리쳤다. 팽준이 어떻게 막아낼 수 있었겠는가! 그저 말을 돌려 그는 곧장 도망쳤다.

뇌진자는 그가 거짓 패한 척하는 것을 알고 날개를 펼쳐 급박하게 쫓았다. 그런 다음 머리를 향해 힘껏 황금곤을 내리쳤다. 팽준은 말을 멈추면서 급히 막았으나, 이미 어깻죽지에 정통으로 맞아 마침내 말에서 굴러떨어지고 말았다. 그때 뇌진자가 팽준의 머리를 베니 붉은 피가 땅바닥에 흥건했다.

뇌진자가 팽준의 수급을 군영으로 갖고 와서 자아에게 보였다. 자아는 기뻐하며 뇌진자의 공적을 승전부에 기록했다.

한편 관 안의 정탐병이 들어가 보고했다.

"팽준 장군은 이미 전사했고 그 머리는 대군영 문에 효수되었나이다."

그 말을 듣고 서개가 말했다.

"이 관은 결국 지키기 어렵게 되었소. 나는 순리와 역리를 알고 있소. 그대들은 억지를 내세우지 마시오."

왕표가 이 말을 듣고 말했다.

"주장은 성급해 하실 필요가 없습니다. 내일 소장이 더 이상 싸울 수 없게 되면 그땐 주장의 처분대로 따르겠습니다."

서개는 아무 말도 하지 않았다.

79

穿雲關四將被擒

천운관의 네 장수가
사로잡히다

이튿날 왕표는 주장을 만나지도 않은 채 군사를 이끌고 관문을 나가 서주진영으로 나가 싸움을 걸었다. 정탐병이 중군에 들어와 보고하자 자아가 물었다.

"다음은 누가 나가 싸우겠는가?"

나타가 대답했다.

"제가 가겠습니다."

자아가 허락하자 나타는 바뀐 모습으로 변신하고 나섰다. 화첨창을 든 나타는 분연히 풍화륜을 타고 군영을 나섰다.

왕표는 장수 하나가 풍화륜을 타고 오는 것을 보고 급히 물었다.

"거기 오는 자는 나타라는 자인가?"

"그렇다."

왕표는 나타가 풍화륜을 타고 다닌다는 것은 알았지만, 머리가 셋이고 팔이 여덟 개인 것은 말로만 들었을 뿐 처음 보았기에 그 괴이한 모습에 적이 놀라지 않을 수 없었다. 그런 나타가 내처 달려오며 창을 휘둘러 찌르자 왕표는 화극으로 급히 막아 대응했다.

나타가 천교문하임을 생각해낸 왕표는 가만히 마음을 정리했다.

'먼저 선수를 쳐야겠다.'

그리고는 한참을 싸우다가 벽면뢰 번갯불을 나타에게 쏘았다. 이 우레가 다른 사람을 해칠 수 있을지는 몰라도 연꽃의 화신인 나타에게는 어림없는 일이었다. 나타는 우렛소리와 함께 불꽃이 이는 것을 보고 공중으로 솟아오르니, 번갯불도 그를 해치지 못하게 되었다.

이번에는 나타가 건곤권을 들어 정수리를 겨냥하여 던지니 순간 정신이 아찔해진 왕표는 그만 말에서 떨어지고 말았다. 나타는 곧 왕표의 가슴 깊숙이에 창을 찔러 넣었다. 그런 다음 왕표의 목을 베어 창끝에 꿰어들고 군영으로 돌아와 싸운 일들을 자세히 고하니 자아로서는 더없이 기쁜 일이었다.

한편 서개는 왕표가 죽었다는 소식을 전해 듣고 마침내 생각했던 바를 실행하기로 했다.
'두 장수가 때를 알지 못하여 스스로 죽음의 화를 재촉했구나. 내 일찍이 생각했던 대로 자아에게 항복하여 민생을 도탄에서 구하는 것이 좋겠다.'
이렇게 근심하고 있던 차에 돌연 전하는 소리가 있었다.
"한 두타승이 와서 뵙기를 청합니다."
서개가 명했다.
"모셔오너라."
도인은 원수부로 들어와 전전에 이르러 머리를 조아리고 말했다.
"서 장군, 빈도 인사드리오."
서개가 말했다.
"어서 오시오. 도인께서는 무슨 일로 이곳까지 오셨소이까?"
"장군은 모르시겠지만, 나에게는 팽준이라는 제자가 하나 있었는데 뇌진자의 손에 죽임을 당했소이다. 그래서 특별히 그의 원수를 갚아주고자 왔소이다."

"도인의 성함은 어찌 되십니까?"

"빈도는 법계法戒라 합니다."

서개가 다시 보니 도인에게 선풍도골仙風道骨이 있는지라 급히 윗자리로 올라앉기를 청했다. 법계는 사양하지 않고 흔쾌히 윗자리로 올라앉았다.

서개가 말했다.

"자아는 곤륜의 도덕지사이며 그의 휘하에는 삼산오악의 수많은 제자가 있으니 그를 이기기란 쉬운 일이 아닐 것입니다."

"서 장군께서는 안심하셔도 좋소이다. 내가 강상까지 모두 잡아와 장군의 공이 되도록 하겠소이다."

서개는 순간적으로 또 마음이 흔들렸다. 그리하여 법계에게 말했다.

"만약 그렇게만 된다면 참으로 커다란 은혜를 입는 것이겠습니다. 그런데 선생께서는 어떤 종류의 음식을 좋아하십니까?"

"나는 몸을 정갈히 다스리려는 마음에 정진하는 중이니 아무것도 필요치 않소."

법계는 과연 아무것도 입에 대지 않은 채 그날 저녁을 보냈다.

이튿날 법계는 칼을 들고 곧장 서주군 진영으로 달려가 자아에게 밖으로 나와 답하라고 청했다.

연락병이 중군에 보고했다.

"어떤 두타승이 원수님을 나오시라 합니다."

자아가 문인들을 이끌고 군영을 나서서 바라보니 두타승 한 사람이 있었는데, 졸개라고는 하나도 거느리지 않은 채 다만 홀홀단신이었다. 자아가 사불상을 재촉하여 군진 앞으로 나아가 법계를 보고 말했다.

"도형, 어서 오시오!"

법계가 말했다.

"자아, 당신의 높은 이름은 예전부터 익히 들어 알고 있었으나 오늘에야 당신을 만나게 되는구려."

"도형의 존함은 어찌되시오?"

"나는 본시 봉래도에서 기를 닦은 사람으로 법계라 하오. 팽준은 나의 제자인데 뇌진자의 손에 죽었소. 당신은 그를 내게 보내주어 피차 얼굴을 붉히지 않도록 하십시다."

자아의 곁에 있던 뇌진자는 법계의 입에서 '뇌'자가 떨어지기가 무섭게 버럭 성을 내며 욕했다.

"죽으려고 막말을 하는구나! 내가 간다!"

풍뢰 두 날개로 허공으로 날아오른 뇌진자는 황금곤

을 들어 법계의 얼굴을 내리쳤다. 법계는 들고 있던 칼로 황급히 막았다. 사오 합을 싸우다가 법계가 밖으로 멀리 물러나며 갑자기 기다란 깃발을 꺼내들고 뇌진자를 향해 휘둘렀다. 미처 방비하지 못한 뇌진자는 먼지 구덩이에 쓰러지고 말았다. 곧 서개의 군사들이 뇌진자를 붙잡아 단단히 결박하고 눈을 가렸다.

법계가 호탕하게 웃으며 말했다.

"이번에는 강상을 묶어볼까?"

그러자 옆에 서 있던 나타가 크게 노하여 말했다.

"웬 요물이 사악한 재주를 부려 감히 나의 도형을 해치느냐?"

풍화륜에 올라 화첨창을 곧추세운 나타는 법계와 싸우러 나섰다. 법계는 삼사 합 만에 다시 그 깃발을 꺼내 나타를 홀렸다. 그러나 혼백이 없는 나타인지라 홀릴 수가 없었다. 법계는 나타가 풍화륜 위에 의연히 서 있는 것을 보고는 지레 마음이 급해졌다.

나타는 법계가 손에 들고 있는 깃발이 좌도의 술수로서 자기를 다치게 하지는 못한다는 것을 알고, 건곤권을 꺼내 법계에게 집어던졌다. 건곤권은 법계를 향해 날아갔고 미처 이를 피하지 못한 그는 얼굴을 싸안고 주저앉았다. 나타가 곧장 창을 들어 찔렀으나 법계는 토둔의 변신술을 부려 잽싸게 빠져나갔다.

자아는 승리하여 군사를 거두어 진영으로 돌아왔으나, 뇌진자가 당한 것을 생각하여 마음속의 근심을 떨쳐버리지 못하고 있었다.

한편 법계는 나타의 건곤권에 한 방을 맞고 관내로 도망쳐 왔다. 서개가 보니 법계가 부상을 당하고 돌아왔는지라 바로 물었다.

"선생! 어찌하여 오늘 첫 싸움에서 패하셨습니까?"

법계가 말했다.

"염려하지 마시오. 내가 이 보물을 잘못 사용했기 때문이오. 그 자가 본래 영주자靈珠子의 화신으로 혼백이 없기 때문에 내가 잡을 수 없었던 것이오."

단약을 꺼내 한 알을 입에 넣어 상처를 아물게 한 법계는 곧 좌우에 명하여 뇌진자를 데려오게 했다. 법계가 뇌진자 앞에서 깃발을 오른쪽으로 두 번 흔들자 그가 눈을 떴다. 사방을 둘러보던 뇌진자는 이미 자신이 사로잡힌 신세임을 알았다. 법계가 악다구니를 부렸다.

"네놈 덕분에 내가 나타에게 이렇게 얻어맞았노라!"

듣고 있던 뇌진자가 고소하다는 듯이 크게 웃으며 말했다.

"그냥 얻어맞기만 한 것을 다행으로 알아라, 이 영감탱이야!"

법계는 화가 머리끝까지 치밀어 올랐다.

"꼴도 보기 싫은 이놈을 당장 참수하라!"

그러자 옆에 있던 서개가 끼어들며 말했다.

"선생께서는 소장을 위해 이곳에 오신 것이 아닙니까? 그렇다면 그를 죽이는 것은 좋지 않습니다. 잠시 동안 감옥에 가두어 두었다가 조가로 압송하여 천자의 처분을 기다리는 것이 선생의 커다란 공을 돋보이고 또한 선생께 일을 청한 자그마한 소장의 공도 알리는 것이 될 것입니다."

이는 서개가 이미 서주에 귀의하고픈 마음이 있었는데 법계 때문에 실행을 포기했던 까닭이다. 그러다가 법계가 첫번째 싸움에서 패한 것을 보고 훗날을 도모하기 위해 꾸며낸 말이었다. 법계가 이 말을 듣고 웃으며 말했다.

"장군의 말씀이 참으로 그럴듯하오."

이튿날 법계는 관을 나가 서주진영으로 가서 다시 싸움을 청했다. 군정관이 이를 자아에게 알리자 자아는 즉시 군영을 나서 싸움에 응하며 말했다.

"법계! 내 오늘 네놈과 자웅을 겨뤄보리라!"

사불상을 재촉하며 장검을 꺼내들었다. 이에 법계는 얼굴을 겨냥하여 칼을 휘둘렀다. 싸움이 불과 몇 합 지나지 않았을 때, 옆에 있던 이정이 화간극畫杆戟을 흔들며 말을 몰고 와서 자아를 도왔다.

자아 또한 타신편을 들어 법계를 향해 휘둘렀다. 이 무기는 원래 신만을 칠 수 있었는데, 자아는 법계가 봉신방에 올라 있지 않다는 사실을 몰랐으므로 휘둘렀던 것이다.

법계는 곧 그 채찍이 곤륜의 보물임을 알았다. 그런 터에 자아가 채찍을 날려 치므로 법계가 언뜻 피하며 뜻하지 않게 채찍 끝을 붙잡게 되었다. 자아는 크게 놀라 마음이 다급해졌다.

이때 홀연히 토행손이 군량을 싣고 군영 앞에 나타났다. 그는 법계가 타신편을 받아치는 것을 보고 노하여 앞으로 나서며 말했다.

"내가 간다!"

법계는 문득 난쟁이 한 명이 무쇠방망이를 휘두르며 다가오는 것을 보았다. 세 사람이 뒤엉켜 싸우고 있는데 난데없이 양전이 또 군량을 싣고 나타났다. 그는 토행손이 두타승과 싸우는 것을 보고 곧 삼첨도를 휘두르며 달려와 싸움을 거들었다.

자아는 양전이 온 것을 보고 불뚝 힘이 솟았다. 믿음직한 운량관 둘이 법계와 싸우니 상황이 일순간 반전했다. 본래 운명이란 어찌할 수 없는 것인지, 뜻하지 않게 부르지도 않은 정륜까지도 나타났던 것이다. 정륜은 토행손과 양전이 도인과 싸우고 있는 것을 보고 속으로 생각했다.

'네 사람이 두타승 하나를 해치우지 못하는 것을 보니 필시 좌도의 도인이구나. 나 역시 독량관인데 그들이 공을 세운다면 나 또한 공을 세우리라!'

정륜이 금정수를 재촉하여 돌진하니 자아는 기뻐 어찌할 줄을 몰랐다. 자아는 사불상을 돌려세운 뒤 군사들에게 명했다.

"북을 두드려 싸움을 돋워라!"

법계는 세 명의 독량관들 사이에 둘러싸여 넋이 나간 채 어찌할 줄을 몰랐다. 비록 손에 법보法寶를 지니고는 있었으나 사용할 처지가 아니었다. 법계는 토행손이 아래쪽에서 휘돌아들며 빈철곤으로 몇 차례 후려치자 마침내 도망칠 궁리를 하지 않을 수 없었다.

이를 지켜보던 정륜은 법계가 달아나지 않을까 염려되었다. 그는 급히 콧김으로 "흥!" 하고 두 줄기 백광白光을 뿜어냈다. 법계는 무슨 소리가 들려와 급히 고개를 돌리다가 그만 두 줄기 흰색 빛살을 보고야 말았다.

법계가 땅에 쓰러지자 오아병들이 서둘러 그를 생포했다. 자아는 법계의 이환궁泥丸宮 즉 정수리 부분에 부적을 붙여 방비한 다음, 승전고를 울리며 진영으로 돌아왔다. 법계가 눈을 떠보니 이미 온몸이 밧줄에 칭칭 묶여져 있었다.

법계가 탄식하며 말했다.

"오늘 내가 이곳에서 독수를 만날 줄 어찌 알았으랴!"

법계는 크게 후회했다. 자아가 군막에 올라앉아 세 독량관의 공을 치하했다.

"세 독량관의 공이 실로 크도다!"

이렇게 세 독량관을 위무하며 다시 말했다.

"군수품을 운송하던 장수들이 지혜로써 법계를 사로잡았도다. 훌륭한 재주와 묘한 수단을 보였으니 그 공이 참으로 지대하도다!"

자아가 치하를 마치자 세 독량관이 자아에게 감사를 표했다. 자아가 명했다.

"법계를 이리로 끌어오라."

여러 군졸들이 법계를 끌고 중군으로 왔다. 법계가 크게 호통쳤다.

"강상, 두말할 필요 없다. 오늘 내가 이와 같은 운명에 처한 것은 '큰 바다에 풍랑이 끊이질 않으니 하찮은 재주로 오히려 나를 붙잡을 줄 누가 알았겠는가?'라는 것이 바로 그것이다. 그러나 이 역시 천명일 따름이니 속히 군령을 시행하라!"

자아가 말했다.

"이미 천명을 알았다면 왜 진작 항복하지 않았는가?"

그리고는 좌우에 명했다.

"끌고 나가 목을 쳐라!"

여러 군졸들이 법계를 끌고 영문 밖에 이르러 막 형을 집행하려 할 때, 홀연히 한 도인이 노래를 부르며 나타났다.

선악을 일시에 잊었고,
흥망성쇠도 마음에 없네.
어둡고 밝음과 숨고 드러남은 부침浮沈에 맡기고,
처한 바에 따라 배고프면 먹고 목마르면 마시네.
포단蒲團에 조용히 앉아 생각에 잠기지만,
정신이 혼미할 땐 곧 마귀가 침노하는구나.
악한 생각으로 명군明君을 가로막으면서,
어찌 더러운 세상에서 칼을 받는가?

도인은 노래를 마치고 크게 호령했다.

"칼을 내리고 그 사람을 풀어주어라! 그리고 원수께 준제도인이 찾아왔다고 전하라."

양전이 급히 자아에게 알렸다.

"서방의 준제도인께서 찾아오셨습니다."

자아가 여러 제자들과 함께 대군영 밖으로 나와 맞이하여 중군으로 들기를 청했다.

준제도인이 말했다.

"군영 안으로 들어갈 필요는 없소. 빈도는 전할 말이 있어서 왔소이다. 법계가 하늘의 뜻을 어기고 원수를 거역하여 가로막았던 것은 법으로 다스려야 마땅하오. 다만 봉신방에 이름이 올라 있지 않으며 또 우리 서방과 인연을 가진 자이니 자아공의 자비를 바랄 뿐이오."

자아가 말했다.

"분부이신데 어찌 거역하겠습니까?"

연이어 명했다.

"풀어주도록 하라."

준제도인은 앞으로 나아가 법계를 부축하며 말했다.

"도우, 내가 있는 서방은 참으로 아름다운 곳이니 도우께 귀의하기를 청하오."

천명이 이미 그러한지라, 법계는 귀의하는 수밖에 없었다. 둘은 여러 장수들에게 작별인사를 하고 서쪽으로 돌아갔다.

훗날 법계는 사위국舍衛國의 기타祇陀태자가 되고, 깨달음을 얻어 불교에 귀의하였다. 한나라 명제明帝·장제章帝 때는 중국에 불교를 흥성케 하여 사문沙門을 크게 열게 된다.

한편 계패관의 주장은 법계가 사로잡힌 것을 보고, 급히 좌우에 명하여 감옥에 있는 뇌진자를 풀어주게 했다. 그런 다음 뇌진자와 함께 영문 앞에 이르러 꿇어 엎드려 항복했다. 정탐병이 중군에 보고했다.

"원수께 아룁니다. 뇌진자가 영문 앞에서 명을 기다리고 있습니다."

자아는 크게 기뻐하며 급히 명했다.

"어서 들라 하라."

뇌진자가 군막 앞에 이르러 자아에게 말했다.

"서개는 오래 전부터 주나라로 귀순하기를 바라고 있었으나, 장수들 때문에 여러 번 뜻을 이루지 못했습니다. 그러나 오늘 제자와 함께 관을 바치고 항복해 왔습니다. 지금 감히 들어오지 못하고 대군영 밖에서 명을 기다리고 있습니다."

자아가 들어오라 명했다.

서개는 소복을 입고 군영 안으로 들어와 땅바닥에 엎드려 절을 하며 아뢰었다.

"소인은 서주에 귀순하려는 뜻이 있었으나, 좌우 장수들이 따르질 않아 어쩔 수 없이 대항하여 누차 죄를 지으면서 항복이 늦어졌습니다. 죽을죄를 지었나이다, 죽을죄를 지었나이다! 하해와 같이 넓으신 아량을 바랄 뿐입니다."

자아가 말했다.

"서 장군은 이미 천명이 서주에게로 돌아간 것을 알았으니 이제라도 늦은 것은 아니오. 어찌 죄가 많다고 할 수 있겠소?"

급히 명하여 일어나도록 했다. 서개는 감사를 드리고 자아에게 관으로 가서 군대와 백성을 위무해 주기를 청했다. 자아가 영을 내렸다.

"서둘러 관으로 들어가라."

자아는 은안전에 올라 대왕을 모셔오도록 하고, 한편으로는 호구와 창고에 저장되어 있는 것을 상세히 조사했다.

이튿날 대왕의 수레가 계패관으로 들었다. 여러 장수들이 영접하여 은안전에 모신 뒤 배알을 마치자 대왕이 말했다.

"상보께서 원정에 힘을 쓰고 있느라 함께 태평을 누리지 못하여 짐의 마음이 늘 편치 못하오."

자아가 말했다.

"노신은 천하의 제후를 돕는 몸으로서, 백성들이 도탄 가운데 있으니 감히 하늘의 뜻을 어기고서 안락을 도모할 수는 없습니다."

이어 자아는 서개를 불러 대왕을 배알케 했다.

대왕이 말했다.

"서 장군이 관을 바친 것은 곧 큰 공이니 주연을 베풀어 삼군에게 상을 줄 것을 명하노라."

이렇게 하룻밤을 보내고 이튿날 아침이 되어 자아가 명을 내렸다.

"군대를 전진시켜 천운관穿雲關을 치라!"

포를 쏘며 출발하자 삼군이 함성을 질렀다. 군사들이 불과 80리쯤 갔을 때 관새가 나타났다. 전초병이 중군에 보고했다.

"전초부대가 이미 천운관에 이르렀습니다."

자아가 명했다.

"포를 쏘고 군대를 주둔시켜라."

천운관의 주장은 서방徐芳으로 그는 서개의 형제였다. 서방은 그의 형이 주나라에 귀순했다는 소리를 듣고는 몸 안의 삼시신이 발을 동동 굴러 입과 코에서 연기가 피어날 정도로 안달이 나서 욕지거리를 해댔다.

"졸장부 놈이 부모와 처자도 돌보지 않고 모반에 몸을 던져 터무니없는 벼슬을 구하니, 그 악취가 만년을 가리라!"

여러 장수들이 모두 전에 올라 서방을 배알했다.

"불행히도 나의 형이 친족과 군왕을 배신하고, 다만 자신의 부귀를 취하여 요충지를 반군에게 바치고 투항했소. 이리되어 나 역시 한 핏줄인 죄를 면하기 어렵게 되었소. 지금으로는 적신들을 모조리 사로잡아 그 죄의 대가를 치러 천자께 대속받아야 마땅할 것 같소."

이때 선행관 용안길龍安吉이 말했다.

"주장께서는 안심하십시오. 소장이 먼저 적장 몇 명을 사로잡아 조가로 압송하여 죄를 묻고 난 뒤에 적들의 괴수를 사로잡아 지난날의 죄과를 물어 충절을 보일 것입니다. 하오니 주장께서는 가문을 지키고 보살피는 데에는 아무 일도 없을 것입니다."

서방이 말했다.

"선행관의 말이 바로 나의 뜻과 일치하오. 선행관과 여러 장수들은 힘을 합하고 마음을 같이하여 반역의 무리를 소탕합시다. 그리하여 위로 군주의 은혜에 보답하는 것이 내 바람이니 나머지는 꺼릴 것이 없소."

이에 여러 장수들이 머리를 맞대고 대책을 상의했다.

이튿날 자아가 군막에 올라 물었다.

"누가 천운관에 가보겠는가?"

서개가 대답했다.

"원수께 아룁니다. 천운관의 주장은 제 친아우이니, 무기를 쓸 것도 없이 제가 동생에게 서주에 귀의토록 권유하여 입신의 바탕으로 삼을까 합니다."

자아가 크게 기뻐하며 말했다.

"장군이 그렇게만 해준다면 세상에 다시없을 커다란 공이 될 것이니, 어찌 입신에 그칠 일이겠소?"

서개가 말을 타고 관 아래에 이르러 큰소리로 호령했다.

"어서 관문을 열어라!"

그러나 관문을 지키는 군졸들은 서개가 아무리 주장의 형일지라도 마음대로 관문을 열 수 없었다. 그리하여 급히 원수부에 보고했다.

"주장께 아룁니다. 큰나으리께서 아래에서 관문을 열라 호령합니다."

서방이 크게 기뻐하며 말했다.

"어서 관문을 열고 맞아들여라!"

서방은 즉시 좌우에 분부했다.

"도부수를 매복시켜 놓고 양쪽에서 기다려라."

이윽고 관문이 열렸다. 서개는 자신의 친동생이 자기를 잡으리라고는 생각지도 못한 채 관문을 들어가 곧 전으로 나아갔다. 서방은 한 발짝도 움직이지 않은 채 형에게 물었다.

"찾아온 사람은 뉘신가?"

서개가 크게 웃으며 말했다.

"아우는 내가 찾아온 것을 보고도 어찌 모르는 체하는가?"

서방이 크게 소리치며 명했다.

"나는 네놈 같은 형을 둔 적이 없다. 여봐라, 이놈을 당장 묶어라!"

그러자 양쪽에서 도부수들이 뛰어나와 서개를 잡아 꽁꽁 묶어버렸다. 서방이 말했다.

"조상을 욕되게 하는 놈, 역적에게 투항하여 가문이 재앙을 당하는 것도 생각지 않다니! 네가 오늘 이렇게 제 발로 찾아온 것은 조상님들의 혼이 계시어 서씨가문이 도륙당하는 것을 막으려 함인 것이다."

서개가 말했다.

"네 이놈, 아무리 천시를 몰라도 유분수지, 천하가 이미 서주에게 귀속했고 천자의 멸망이 눈앞에 다가왔는데도 네놈은 어찌하여 이 비좁은 땅에서 감히 백성을 아끼고 죄인을 벌하시는 분께 항거한단 말이냐? 그러고도 네가 감히 충신이고자 하느냐? 그렇다면 너는 소호와 황비호에 비해 어떠하냐? 또 홍금과 등구공에 비해서는 또 어떠하냐? 오호라, 정말 슬프도다! 한 어미 뱃속에서 태어난 너와 내가 이토록 다를 줄 어찌 몰랐던고? 내 오늘 네게 잡힌 것은 죽어서도 한으로 남을 일이나, 누군가가 반드시 너를 붙잡아 나의 분을 씻어줄 것이다!"

서방이 대노하여 외쳤다.

"이 반역자를 감옥에 처넣어라. 생각 같아서는 당장에 효수하고 싶다마는 장차 주무왕과 강상을 모두 잡으면 함께 조가로 압송하여 천자 앞에서 정죄하리라!"

서방이 비록 이렇게 호령했으나 그는 그에 앞서 그렇게 선포했던 천자의 충신들이 어떤 운명의 길을 걸었는지는 깊이 생각해 보지 않았던 것이다.

부하들이 서개를 감옥에 가두었다. 서방이 물었다.

"누가 나라를 위해 첫 싸움에 나서겠는가?"

그러자 장수 하나가 대답을 하고 앞으로 나왔다. 정인正印 선행관인 신연장군神烟將軍 마충馬忠이었다. 서방이 허락하자 마충은 명을 받들고 서주진영을 향해 돌진했다.

잠시 뒤 자아의 정탐병이 중군에 보고했다.

"천운관의 장수 하나가 싸움을 청합니다."

자아가 탄식을 금치 못하며 말했다.

"서개가 실패했구나! 한 어미의 뱃속에서 서로 다른 호랑이가 태어난다더니 그 말이 바로 이것이로다!"

나타에게 급히 관으로 가서 서개의 소식을 알아보라고 명했다. 나타가 명을 받고 풍화륜에 올라 영문을 나서니, 마충이 붉은 도포에 금빛 갑옷을 입고 위풍당당하게 버티고 서 있었다.

나타가 그 앞에 이르자 마충이 말했다.

"거기 오는 자는 나타가 아닌가?"

"그렇다. 너는 나를 알아보고도 어찌하여 엎드려 항복하지 않느냐?"

마충이 성을 버럭 내며 말했다.

"이런 철모르는 놈! 너희놈들이 망령되이 스스로 대왕을 사칭하고 하늘의 뜻을 어겨 반란을 일삼으면서 신하된 절개를 지키지 않고 천자의 강토를 침범하니, 그 죄는 용서받을 수 없을 것이다. 내 잠시 뒤 너희놈들을 붙잡아 뼈를 갈아낼 것이다. 그런데도 네놈은 오히려 가벼운 혀를 놀려대는구나!"

나타가 껄껄 웃으며 말했다.

"네놈들이 오히려 꼭 개구리나 생쥐들 같아서 곧 가루가 되어버릴 것이니 어찌 같이 이야기를 하겠는가?"

마충이 대노하여 창을 휘두르며 달려들었다. 나타의 창도 동시에 번쩍거렸다. 풍화륜과 마충의 말이 서로 엇갈리며 천운관 아래에까지 돌진했다.

마충은 나타가 도와 덕을 갖추었고 수단이 훌륭한 사람임을 알았으므로 스스로 생각했다.

'만약 내가 먼저 선수를 치지 못하면 놈의 재주에 넘어가 일을 그르치겠구나.'

그래서 마충은 입을 벌리고 시커먼 연기를 뿜어냈다. 그러자 사람도 말도 온통 분간할 수 없게 되었다. 나타는 마충의 입에서 검은 연기가 나오는 것을 보고 잠시 미혹되었으나 급히 풍화륜을 솟아오르게 하여 몸을 흔들자 세 머리와 여덟 개의 팔로 변했다. 얼굴은 푸르고 이빨이 삐죽 삐어져 나온 흉측한 모습으로 공중에 떠 있었다.

마충이 연기 속에서 나타를 찾지 못하여 급히 신연神烟을 거두고 말을 돌리려 할 때, 나타의 일갈이 들려왔다.

"마충아 게 서라, 내가 간다!"

마충이 고개를 들어보니 나타가 머리는 셋이고 팔은 여덟인 데다가 푸른 얼굴에 흉측한 이를 드러내고 공중에서 달려들고 있었다. 마충은 놀라 혼백이 다 달아난

듯이 말을 몰아 도망쳤다.

나타는 구룡신화조九龍神火罩 그물을 던져 마충을 덮어씌웠다. 그러고 나서 다시 박수를 한번 치니 신화조 속에서 아홉 마리의 화룡이 나타나 마충을 휘감았고, 그 순간 마충은 사르르 재로 변했다.

나타는 마충을 불살라 없애고 나서 신화조를 거두어 의기양양 군영으로 돌아왔다. 사실을 자아에게 보고하자 자아는 크게 기뻐하며 공로를 치하했다.

한편 정탐병이 계패관으로 들어와 보고했다.

"수장께 아룁니다. 마충이 나타의 술수에 타죽었다 합니다."

이 말을 들은 서방은 크게 노했다. 옆에 있던 용안길이 나서며 말했다.

"마충은 깊고 얕음도 알지 못하고 오직 자신의 신연만을 믿었기 때문에 이 같은 패배를 당한 것입니다. 내일 소장이 공을 세우는 것을 기다려 주십시오. 반드시 반역 무리들을 잡아 조가 황성으로 압송하여 죄를 물을 것입니다."

이튿날 용안길은 말을 타고 관을 나가 싸움을 걸었다. 그러자 무성왕 황비호가 군막에 오르며 말했다.

"소장이 가겠습니다."

자아가 허락하자, 황비호는 오색신우에 올라 창을 비껴들고 영문으로 향했다. 용안길이 보니 서주의 장수 한 사람이 나오고 있었다.

용안길이 크게 소리쳤다.

"게 오는 자는 누구냐?"

"바로 무성왕이다."

"왕공이 바로 그 유명한 황비호시구려. 왕공은 반란을 일삼고 화를 키운 근본이니 내 오늘 반드시 왕공을 사로잡으리다."

손에 도끼를 휘두르며 말을 재촉하여 돌진했다. 황비호는 창을 들어 급히 막아 대응했다. 두 장수는 창과 도끼를 부딪치며 교전하기를 자그마치 50여 합이나 했다.

두 장수는 그야말로 '호적수'를 만난 것이었다. 용안길은 황비호의 창 다루는 솜씨가 물샐틈없이 완벽함을 보고는 마음속으로 생각했다.

'이놈을 가볍게 보아서는 안되겠다.'

그리고는 창을 치켜들고 비단주머니 속에서 무엇인가를 꺼내 공중을 향하여 집어던졌다. 그러자 갑자기 팔랑거리며 쇠 부딪치는 소리가 들려왔다. 용안길이 말했다.

"왕공, 나의 보배를 보시라!"

황비호는 그것이 무엇인지도 모르고 고개를 쳐드는 순간 몸은 말안장에서 떨어지고 있었다. 그러자 관 안의 군사들이 함성을 지르면서 황비호를 밧줄로 꽁꽁 묶어 천운관 관 안으로 끌고 갔다.

자아진영의 정탐병이 중군에 보고했다.

"황비호 장군이 생포되셨습니다."

자아가 크게 놀라 말했다.

"어쩌다가 잡혀가셨단 말인가?"

약진관掠陣官이 대답했다.

"한창 싸우던 중에 용안길이 무언가를 공중에 던지자 쇠붙이가 부딪치는 소리가 들렸는데, 그때 이미 황 장군은 말에서 떨어지고 곧 생포되셨습니다."

"이 또한 좌도의 술수로다."

한편 용안길은 황비호를 붙잡아 천운관으로 끌고 가서 서방을 만났다.

황비호는 굳센 어조로 말했다.

"사악한 술수에 걸려 잡혀왔으니, 원컨대 죽음으로써 나라의 은혜에 보답코자 한다."

서방이 욕했다.

"참으로 졸렬하시구려! 천자를 저버린 채 역적의 무

리에 몸을 던지더니, 오늘은 거꾸로 '나라의 은혜에 보답코자 한다' 하니, 옳고 그름도 모르는 것 아니오?"

다시 부하들에게 명했다.

"죄인을 감옥에 가두어라."

서개는 황비호가 오는 것을 보고 위로했다.

"저의 못된 동생이 천시를 알지 못하고 사악한 도술에 의지한 탓에 뜻하지 않게 장군께서도 이렇게 밧줄에 묶이는 재액을 당하셨군요."

황비호는 머리만 끄덕이고 말없이 한숨만 내쉴 뿐이었다.

서방은 술자리를 베풀어 용안길의 공로를 치하했다. 용안길은 다음날에도 역시 서주진영 앞에 나가 싸움을 걸었다.

이번에는 홍금洪錦이 말을 타고 나갔다. 진 앞에 이르러 보니 과거 자신의 휘하에서 부장으로 있던 용안길이 보였다. 홍금이 말했다.

"용안길, 너는 옛 주인을 보고도 어찌 엎드려 항복하지 않고 감히 겨루려 하느냐?"

용안길이 웃으며 말했다.

"반역자 홍금! 어찌 이토록 말이 많으신가? 나는 반역자를 잡아 조가로 압송하여 국법에 따라 처리하려 할 뿐이다. 그대는 어찌 나설 때와 물러설 때를 모르고 함부로 입을 놀리는가?"

용안길은 바로 말을 몰아 돌진했다. 칼과 도끼가 서로 비꼈다. 용안길이 하늘을 향하여 고리를 하나 던졌다. 이 고리는 본래 둘이었던지 좌우로 상응하여 뒤집히더니 마치 태극처럼 음과 양이 이어진 고리같이 연결되었다.

고리의 이름은 이른바 '사지소四肢酥'였다. 이 보물은 딸랑거리는 소리를 내는데, 이것을 보거나 이 소리를 들으면 온몸의 뼈가 풀어지고 근육이 물렁해져서 도무지 손발을 쓸 수 없게 되는 것이었다.

마침 홍금도 공중에서 나는 소리를 듣고는 고개를 돌려 한번 바라보았을 뿐인데, 더 이상 안장에 앉아 있지 못하고 말에서 스르르 굴러 떨어졌다. 용안길이 또 홍금을 사로잡아 관으로 끌고 갔다.

홍금이 생각했다.

'이놈이 옛날 나의 부하였지만 이런 술수를 지니고 있는지는 몰랐구나. 내 불찰이로다. 이놈의 함정에 빠지고 말았구나!'

좌우군사들이 홍금을 끌고 전 앞으로 나아가자 서방이 보고 크게 기뻐하며 말했다.

"홍금, 그대는 정벌의 명을 받고서 일심전력하지 않고 어찌 거꾸로 역적에게 투항했느냐? 이제 무슨 면목으로 임금을 다시 뵐 것이냐?"

홍금이 말했다.

"하늘의 뜻이 이와 같다면 어찌 다른 할 말이 있겠는가? 내 비록 이렇게 붙잡힌 몸이 되었으나 뜻을 굽힐 수는 없으니 죽는 길밖에 없도다!"

서방이 명했다.

"감옥에 처넣어라."

황비호는 홍금마저도 잡혀오는 것을 보고 한숨만 쉴 뿐이었다.

한편 자아는 홍금도 잡히고 말았다는 소식을 전해 듣고는 매우 상심해 했다. 다음날 용안길이 또 싸움을 걸어왔다는 보고를 받고 자아가 물었다.

"누가 전날의 치욕을 갚겠는가?"

이번에는 남궁괄이 나갔는데, 용안길과 몇 차례 맞서 싸우다가 용안길의 사지소에 또 당하여 붙잡혀 갔고, 또한 서방의 명에 따라 옥에 갇혔다.

이 소식을 들은 자아는 더욱 상심이 되었다. 이에 옆에 있던 정인선행관 나타가 말했다.

"저 용안길이라는 놈이 어떤 요사스런 술수를 가졌기에 여러 장수들을 잇달아 잡아가는지 소장이 확실히 알아올 터이니 기다려 주십시오."

자아가 허락하자 나타가 훌쩍 떠났다.

양임이 하산하여 온황진을 격파하다

나타는 풍화륜에 올라 큰 소리로 싸움을 청했다.

"게 있느냐? 너희 주장에게 용안길을 내보내라고 전하라."

서방이 전갈을 받고 용안길에게 명했다. 명을 받은 용안길이 관문을 나서니 풍화륜 위에 나타가 버티고 서 있었다. 용안길은 마음속으로 생각했다.

'이 자는 도술이 뛰어난 자이니 내가 먼저 이 보물을 써야만 이길 수 있을 것이다.'

용안길이 다가가 물었다.

"꼴을 보니 가관이로다. 네놈이 나타라는 놈이겠지?"

말이 떨어지자 나타는 대답도 하지 않고 창을 날렸다. 나타의 창이 얼굴을 향해 날아오는 것을 급히 막고 난 뒤 풍화륜과 말이 엇갈려 단 한 차례 싸우고 나서 용안길은 곧바로 허공을 향해 사지소를 던지며 소리쳤다.

"나타야, 내 보배를 보아라!"

나타가 고개를 돌려 쳐다보니 음양이 마치 태극환太極環 모양으로 이어졌는데, 어디선가 딸랑거리며 쇠붙이가 부딪치는 소리가 들렸다. 용안길은 나타의 천성이 어떤지 알지 못했다. 그러니 나타가 풍화륜에서 떨어질 리가 없음을 알지 못했다.

용안길의 사지소 고리는 그냥 땅에 떨어지고 말았고, 나타도 그 고리가 그냥 떨어진 것을 보았으나 그 이유를 알지 못했다. 용안길은 가슴이 철렁했다. 나타가 꿈적도 하지 않기 때문이다. 또 그 순간 나타는 머리 세 개와 팔 여덟 개로 변하고 있었다.

나타는 건곤권을 던지며 소리쳤다.

"네놈의 고리라는 것이 내 것에 비해 형편이 없구나. 네놈은 이것이나 받아라!"

용안길은 미처 피하지 못한 채 이마에 건곤권을 맞고 말에서 곤두박질쳤다. 나타는 곧장 창을 들어 그의 숨통을 끊어버렸다. 그런 다음 목을 잘라 창끝에 꽂고 진영으로 돌아왔다.

"용안길의 목을 베어왔습니다."

자아의 기쁨은 형언할 수가 없었다.

한편 그 소식이 전해지자 서방은 난감했다. 살펴보니 주위에 나설 만한 장수가 한 명도 없고 조정에서도 역시 일을 도울 장수를 보내오지 않았다.

'이 일을 어찌한단 말인가?'

서방은 다시 상주문을 작성하여 관리를 조가로 보낼 수밖에 없었다. 그러는 가운데 좌우로부터 보고가 들어왔다.

"부 앞에 한 도인이 와서 수장을 뵙겠답니다."

물에 빠진 사람이 지푸라기를 잡는 심정으로 서방이 무조건 "모셔오라"고 명했다.

잠시 뒤 한 도인이 나타났는데, 눈은 셋이고 얼굴은 남색인데다가 붉은 머리털에 흉측한 이빨을 드러내고 있었다.

서방은 보자마자 범속한 인물이 아님을 알았다. 이윽고 도인이 부로 들어오자, 서방은 황급히 계단 아래로 내려가 영접하여 전으로 오를 것을 청했다. 서방은 도인과 머리를 조아려 마주 인사하고는 도인을 윗자리에 앉게 했다.

"선생은 어느 명산 어느 동부에서 오셨는지요?"

도인이 말했다.

"빈도는 구룡도의 연기도사 여악呂岳이라는 사람이오. 나는 본래 강상과는 천하에 다시없는 원수지간이오. 내가 오늘 이렇게 찾은 것은 장군의 병사를 빌려 지난날의 원수를 갚으려는 뜻에서이지요."

"성탕의 홍복이 하늘과 같아서 이렇게 훌륭한 분께서 또 도우려 오셨소이다."

서방은 술을 내어 대접했다.

이튿날 여악은 서주진영에 이르러 자아를 불렀다. 자아는 그가 여악인지를 알지 못하고 명했다.

"포를 울리면서 군전으로 나가자."

영문에 이르니 진을 치고 있는 자가 여악인지라 자아는 자기도 모르게 웃고 말았다. 자아의 양 옆에 늘어서 있던 문도들은 여악을 보자마자 모두 이를 갈고 어금니를 깨물었다. 그도 그럴 것이, 여악은 이미 네 문도들을 잡아들이고 온단瘟丹으로써 서기성에 전염병을 창궐케 한 전력이 있기 때문이었다. 자아가 웃은 것은 자기도 결국 패주한 전력이 있기 때문이다.

자아가 말했다.

"여 도우! 그대는 나설 때와 물러날 때를 모르는구나. 부끄럽지 않은가? 지난날 이미 도망쳐 목숨을 구해 놓고는 오늘 어찌하여 다시 사지에 발을 들여놓았는가?"

여악이 말했다.

"내 그때의 일 때문에 하루 한시도 편한 잠을 잔 적이 없다. 오늘은 누가 살고 죽을지 두고 보면 알 일이다."

이때 뇌진자가 욕을 하며 달려나왔다.

"목숨이 아까운 줄을 모르는 놈, 내가 간다!"

양 날개를 펼쳐 날아들며 황금곤으로 여악의 머리를 쳤다. 여악은 들고 있던 검으로 막을 때 바라보던 금타가 다가와 쌍검으로 머리를 겨누어 내리치고, 목타가 거칠게 소리치며 달려들었다.

"어리석은 놈! 오늘은 도망일랑은 생각하지 말고 나의 검을 받아라!"

뿐만 아니라 이정·위호·나타 등도 일제히 달려들어 여악을 에워쌌다.

한 무리의 장수들이 주위를 에워싸니, 여악은 삼수육비三首六臂를 드러내고 열온인列瘟印을 던져 뇌진자를 쓰러뜨렸다. 그러자 장수들이 일제히 몰려들어 뇌진자를 구하여 돌아갔다.

이때 자아가 타신편을 던져 여악의 등짝을 때리니 삼매진화三昧眞火가 튀었고, 이에 견디지 못한 여악은 천운관으로 도망쳐 갔다.

관으로 들어서니 서방이 맞이하며 위로했다.

"선생, 오늘의 싸움은 정말 대단했습니다."

여악이 말했다.

"오늘 내가 너무 서둘렀소이다. 도우 하나가 더 오기를 기다렸다가 다시 나아가 싸우면 틀림없이 이길 수 있을 것이오."

한편 여악이 관에 머물러 있은 지도 며칠이 지나갔다. 그러던 어느 날 마침내 도인 하나가 나타나 부 앞에 이르러 군정관에게 말했다.

"주장께 가서 도인 하나가 와서 찾아뵙기를 원한다고 전해 주시오."

군정관이 소식을 전하니 여악이 들어오게 했다. 잠시 뒤 한 도인이 들어와 여악에게 머리를 숙여 인사하고 서방에게 예를 취한 뒤 자리에 앉았다.

여악이 서방에게 말했다.

"이 사람은 나의 아우인 진경陳庚이오. 오늘 특별히 여기에 온 것은 장군을 도와 함께 자아를 때려눕히고 주무왕을 잡아오고자 함이오."

이 말을 들은 서방은 수도 없이 감사를 표하고 술을 내어 대접했다.

여악이 진경에게 물었다.

"아우는 지난번 준비하던 보배를 완성했는가?"

"이 보배가 완성되기를 기다리느라 늦었습니다. 내일은 능히 강상을 상대할 수 있을 것입니다."

이튿날 여악은 서방에게 3천의 인마를 선발하도록 한 뒤 관문을 나서 자아를 찾았다. 서방도 친히 군대를 지휘했다.

자아는 여러 장수들을 모아놓고 말했다.

"오늘 여악이 다시 와서 우리 병사를 막으려 할 것이니 각별히 경계하도록 하라."

이런저런 이야기를 하는 도중에 보고가 들어와, 양전이 대군영 밖에 대령하고 있음을 알렸다. 자아가 들게 하자, 곧 양전이 군막 앞에 이르러 예를 갖추고 나서 말했다.

"명을 받들어 착오없이 군량을 수송해 왔습니다."

"지금 여악이 또 천운관을 지키러 나설 것이네."

양전이 말했다.

"여악은 이미 패한 자인데 어찌 감히 또 길을 막겠습

니까?"

그러자 이 말이 채 끝나기도 전에 군정관이 들어와 보고했다.

"여악이 싸움을 청해 왔습니다."

자아가 급히 출진을 명하고 여러 장수들을 이끌고 나섰다. 여악이 말했다.

"자아, 그대와 나는 결코 양립할 수 없는 원수로다! 만약에 양교의 일로 이야기한다면 더욱 그러하다. 또한 그대는 원시천존의 문하에서 도를 닦은 자가 아닌가? 내게 진이 있으니 그대에게 보여주겠다. 그대가 이해할 수 있다면 나는 서주가 은나라를 치는 일을 도울 것이나, 이해하지 못하면 나는 당장에 그대와 자웅을 겨룰 것이다."

"도우, 그대는 어찌 스스로 자숙하지 못하고 자꾸 이같은 죄업을 쌓으며, 도인으로서 해서는 안될 일을 하는가? 그러나 이미 진을 설치했다면 내게 보여주게."

여악이 진경과 함께 진으로 들어가 한 시간 정도 뒤에 진을 완성하여 다시 군영 앞에 이르러 소리쳤다.

"자아, 나의 진을 보아라!"

자아가 나타·양전·위호·이정 등과 함께 나아갔다. 양전이 말했다.

"여 도장, 사악한 비밀무기로 사람을 다치게 해서는

안될 것이오."

"애송이 같은 말이로군. 나는 정정당당한 진과 깃발을 사용하는데, 어찌 너를 다치게 할 비밀무기를 쓸 이유가 있겠는가?"

자아가 네 장수들과 함께 둘러보니, 진에 한 글자도 쓰여 있지 않아 뜻을 알 수 없었다. 자아는 초조해져서 속으로 생각했다.

'이 또한 좌도의 술수로서 쉽게 공략할 수 없는 진이로다.'

그때 문득 원시천존의 게偈가 떠올랐다.

"계패관에서는 주선誅仙을 만날 것이요, 천운관에서는 온황瘟瘴을 만날 것이로다."

자아는 이마를 탁 치며 말했다.

"이것이 바로 온황진이 아닌가?"

그런 다음 양전에게 다시 말했다.

"사부 원시천존의 말씀에 따르면 이는 온황진이 분명하네."

양전이 말했다.

"제가 가서 얘기해 보겠습니다."

두 사람은 상의를 마치고 다시 군진 앞으로 갔다. 여악이 말했다.

"자아공은 이 진이 무엇인지를 알았는가?"

양전이 말했다.

"여 도장, 이는 하찮은 술수에 지나지 않는 것이니, 뭐 신기할 것이 있겠소?"

"이 진의 이름이 무어냐?"

양전이 웃으며 말했다.

"이는 바로 온황진이 아닌가? 그대가 아직 전부를 다 보이진 않았으나 전부를 보인다면 내 다시 와서 격파하고 말 것이오."

여악은 양전의 말을 듣자 큰 바다에 작은 돌멩이 하나를 던진 듯 묵묵히 말이 없었다. 그렇지만 등줄기에서는 이미 식은땀이 흘렀다. 비록 자신이 있다 해도 한번 대적한 적이 있는지라 전만큼은 아니었을 것이다.

자아가 군영으로 돌아와 자리에 앉자 여러 문인들이 모두 양전의 영리함을 칭찬했다.

자아가 말했다.

"비록 한 번 그에게 망신 주기는 했으나, 도무지 이 진 중에 무슨 현묘한 것이 있는지를 모르니 어떻게 하면 깰 수 있겠소?"

나타가 말했다.

"일단 일시적으로 그를 상대한 다음에 다시 방법을

강구하는 게 좋겠습니다. 더구나 십절악진十絕惡陣과 주선진誅仙陣 같은 큰 진도 모두 격파했는데, 어찌 이같이 작은 진 하나를 두고 걱정할 것이 있겠습니까?"

자아가 손을 내저으며 말했다.

"그렇다고 해도 근심하지 않을 수는 없네. 옛말에 이르기를 '사람이 큰 근심이 없으면 반드시 작은 일에 근심이 생긴다'고 했으니, 어찌 작은 일이라고 소홀히 넘길 수 있겠느냐?"

여러 문인들이 모두 다 찬성하여 말했다.

"원수의 말씀이 참으로 옳습니다."

이렇게 이야기를 나누는 중에 전갈이 들어왔다.

"종남산의 운중자께서 찾아오셨습니다."

문인들이 일제히 반기며 말했다.

"대왕의 홍복이 하늘과 같으신지라, 이처럼 덕이 높으신 분께서 이 어려움을 구해 주시려고 찾아오셨습니다."

자아가 급히 대군영 밖에까지 나가 운중자를 맞이했다. 두 사람이 자리에 앉았다.

자아가 말했다.

"도형께서 찾아오신 것은 틀림없이 제가 온황진을 만난 것을 도우시려는 것일 테지요?"

운중자가 웃으며 말했다.

"내 특별히 이 진의 폐진문제 때문에 왔소이다."

자아가 허리를 굽히며 감사했다.

"강상이 어려움을 만날 때마다 늘 도형들께서 도와주시니 이 은혜를 어찌해야 갚게 되는지요?"

"빈도가 도움이 된다면 그건 다 도우의 홍복이외다."

자아가 다시 가르침을 구했다.

"이 진에는 어떠한 비술이 숨어 있고, 또 어떤 인물이라야 깨뜨릴 수 있는지요?"

"이 진은 다른 사람이 필요 없소. 이것은 바로 자아공이 겪어야 할 백 일 동안의 재난일 뿐이오. 그 재난이 가득 차면 자연 한 사람이 찾아와서 이 진을 격파할 것이오. 내가 자아공을 대신하여 원수인元帥印을 맡아 군대 일을 감독할 것이니 나머지는 아무것도 걱정할 것이 없소."

자아가 말했다.

"도형께서 그리만 해주신다면 강상은 죽는다 한들 무슨 여한이 있겠습니까?"

자아는 기꺼이 장검과 인장을 운중자에게 맡겼다. 이 때 부하들이 이를 대왕에게 전했다. 대왕은 자아에게 백일 동안의 재난이 있다고 한 운중자의 말을 전해 듣고 황급히 중군으로 달려왔다. 좌우에서 보고하자 자아와 운중자는 대왕을 영접하여 예를 취한 다음 자리에 앉았다.

대왕이 하문했다.

"듣자 하니 상보께서 직접 진을 격파하신다기에 짐은 마음이 불안하오. 종종 맞붙어 싸우다가 곤경에 처한 적이 있으니, 짐의 생각으로는 차라리 군대를 돌려 각자의 강토를 튼튼히 지킴으로써 백성들을 편안케 하는 것이 보다 좋지 않을까 생각되오."

운중자가 말했다.

"현군께서는 조물주의 계시를 모르는 것입니다. 본시 천운이란 돌고 도는 것인데 기수氣數가 이러하니 어찌 인간의 마음대로 할 수 있겠습니까? 천명이란 피할 수 없는 것입니다. 현군께서는 마음을 놓으소서."

대왕은 묵묵히 말이 없었다. 강상은 대왕의 마음이 아직도 굳지 못함을 보고 적이 불안했다. 그러나 따지고 보면 그것이야말로 대왕의 현군다운 면모임을 어쩌랴.

대왕은 한 걸음 앞으로 나아갈 때마다 승리보다는 오히려 패배한 쪽의 백성이 겪을 아픔과 고통을 생각했고, 설사 관 하나를 점령한다 할지라도 그 때문에 목숨을 잃는 병졸 하나를 더 슬퍼하는 사람이었던 것이다.

한편 여악은 천운관으로 돌아가 진경과 함께 21개의 온황산瘟瘟傘을 진 안에 설치하고, 구궁팔괘九宮八卦의 방위에 맞춰 배열했다. 그 중앙에는 흙으로 만든 단이 하나 있었는데 그곳에 부인符印을 안치한 다음 서주의 장수들을 사로잡을 준비를 했다.

여악이 진경과 함께 진 안을 살피는데 부하들로부터 전갈이 들어왔다.

"도인 한분이 여呂 도장을 뵙자고 합니다."

여악이 말했다.

"누군가? 모시고 오너라."

잠시 뒤 한 도인이 표연히 나타났다. 여악은 그가 이평李平인 것을 보고 급히 뛰어나가 얼싸안을 듯이 말했다.

"도형께서 이렇게 오신 것은 저를 도와 주무왕과 강상을 물리치려 하심이 아닙니까?"

이평이 정색하며 말했다.

"그렇지 않소. 내 오늘 특별히 찾아온 이유는 도형에게 권고할 일이 있어서요. 나는 도형이 온황진을 설치하여 서주군을 가로막으려 한다는 소문을 듣고, 이렇게 충고하려고 찾아왔다는 말이오. 오늘날 천자는 무도하고 그 죄업이 쌓이고 넘쳐 천하가 모두 등을 돌리게 되었소. 이는 하늘이 성탕을 멸망케 하시려는 소치라고 생각하오. 반면 주무왕은 당대에 가장 덕이 많은 임금으로 위로는 요순을 본받고 아래로는 인심을 잘 살피시니, 이는 천운에 따라 흥성한 임금으로 결코 속세의 무리들과는 같지 않으신 분이오."

이평의 말은 물 흐르듯이 고요하고 정연했다.

"더구나 봉황이 기산岐山에서 우는 것은 왕의 기운이 모인 지 오래되었음을 보여주는 것이오. 그런데 어찌하여 도형만은 천명을 거스르는 것이오? 자아는 하늘의 징벌령을 대신 받들어 악을 미워하고 백성을 아끼는 까닭에 맹진孟津에서 제후를 모아 천자를 멸하려 하는 것이오. 나 이평이 오히려 주무왕을 위하고 절교를 위하지 않는 것이 어찌 도형의 뜻에 어긋나는 것이겠소? 도형께서는 나의 권고에 따라 이 진을 치우고 주무왕과 자아가 관을 정벌하는 것을 방관하시오. 본래 우리들은 세상 밖에서 유유자적하는 사람들로 세상을 소요하며 어느 것에도 거리낄 것도 구속될 것도 없지 않소? 어찌 명리에 묶여 벗어나지를 못한단 말이오?"

여악이 냉소를 보내며 말했다.

"이형의 말씀은 옳지 않소! 내가 반역자의 무리를 토벌하는 것은 바로 하늘과 인간의 뜻에 순응하는 것인데, 어찌하여 이형은 스스로 미혹되어 오히려 내가 하는 일이 그르다 하시오? 이형은 굳이 나를 돕지 않아도 좋으니 그저 앞으로 내가 무왕과 강상을 사로잡아 반역의 무리를 모조리 전멸시키는 것을 보고만 있으면 되오."

이평이 말했다.

"그렇지 않소. 강상은 칠사삼재七死三災의 위기를 만나고도 견뎌냈고, 수많은 악한들이나 십절十絶과 주선誅仙과 같은 악진을 만나고도 역시 견디어냈소. 이런 지경에 이르기란 쉽지 않은 것이오. 옛말에 '앞에 가는 수레가 뒤집어지면 뒤의 수레는 이를 거울삼아 실수하지 말아야 한다'고 했거늘, 도형께는 그런 거울이 없었나 싶소."

이평이 수없이 설득했으나 여악은 도무지 귀를 열지 않았다. 이평은 할 수 없이 손을 뗄 수밖에 없었다.

여악은 이평의 권고를 듣지 않고 사신에게 편지를 보내 강상에게 권했다. 명을 받은 사신은 결전서僞戰書를 지니고 자아의 행영에 당도했다. 곧 중군에 보고가 들어갔다.

자아가 결전서를 받아들어 펼쳐보니 다음과 같았다.

구룡도九龍島의 연기도사 여악이 서기의 원수 자아의 휘하에 편지를 보내오 내가 듣기로 사물은 극에 달하면 반드시 돌이킬 때가 있으며, 하늘을 거스르면 반드시 벌을 받는다고 했소 그런데 그대들 서기는 신하의 절개를 지키지 않고, 신하된 자로서 임금을 치려 하며, 아랫사람으로서

윗사람을 능멸하고, 삼강오륜의 법도와 질서를 어겨 천지에 죄를 짓고 있소. 또한 사악한 무리들과 결탁하고 누차 천자의 군대를 적대시하여 천교의 도술로써 성 안 백성들을 도륙하고 장수를 죽이니, 그 죄는 이미 차고 넘쳐 인신人神 모두의 분노를 사고 있소. 이러한 고로 하늘도 노여워하시어 특별히 나의 손을 빌어 여기 온황진을 설치하게 하셨소. 오늘 사신의 편지를 받아 읽는 즉시로 회답을 보내 승부를 가리도록 합시다. 만약 스스로 그대의 부덕함을 느낀다면, 하루라도 빨리 창을 꺾고 투항하시오. 그리하면 목숨만은 건질 수 있을 것이오. 결전서가 도착한 날로 즉시 결정하기 바라오.

자아는 편지를 다 읽고 나서 회답을 보냈다.

"내일 이 진을 깨리라."

사신이 돌아와 이 회답을 여악에게 보여주었다.

이튿날 운중자는 중군에서 자아를 불러놓고 삼도부인三道符印을 갖추어 주고, 또 품속에는 단약 한 알을 품게 했다. 삼도부인은 앞가슴에 1도道, 등 한가운데에 1도, 머리에 쓴 관冠 속에 1도가 있었다.

준비가 거의 끝나갈 즈음에 바깥쪽에서 포성이 들리면서 급한 보고가 영내로 들어왔다.

"여악이 진영 앞에서 싸움을 청합니다."

자아가 사불상에 오르자 대왕은 여러 장수, 여러 문도들과 함께 군영 앞에 이르러 지켜보았다. 온황진을 보니, 살기가 허공에 가득하고 슬픈 바람이 온 사방에서 일었다.

멀리서 보면 모래가 날리고 돌이 구르는 듯했고, 가까이서 보면 안개가 휘감고 구름이 솟아오르는 듯했다.

자아가 진 앞에 이르러 말했다.

"여악, 그대가 지금 이 같은 독진毒陣을 설치했으니, 기꺼이 그대와 자웅을 겨루겠노라. 내 다만 염려되는 것은 그대의 화가 이미 벗어날 수 없는 데까지 이르렀으니 어찌 후회를 남길까 그것이 걱정이다."

여악이 금안타를 재촉하여 장검을 세워들고 날듯이 달려들었다. 자아는 들고 있던 검으로 급히 막아 대응했다. 두 사람이 이마를 대고 싸운 지 얼마 지나지 않아 여악은 문득 칼을 거두고 진 안으로 들어가 버렸다.

자아 또한 사불상을 재촉하여 뒤따라 진으로 들어갔다. 여악이 팔괘대에 올라 온황산盧瘟傘을 펼쳐 내리덮자, 갑자기 어둠이 짙게 깔리면서 붉은 비단과 검은 안개 같은 것이 온통 내리덮어 실로 그 기세를 당해낼 수 없을 것 같았다. 자아는 한 손으로 행황기를 붙잡고 힘겹게 버티고 있을 뿐이었다.

여악은 자아를 진중의 궁지에 빠뜨린 다음 다시 진 밖으로 나와 소리쳐 말했다.

"강상은 이미 나의 진에서 끝이 났다. 희발은 어서 나와 순순히 목숨을 구걸하라!"

대왕이 여악의 말을 듣고 황망히 운중자에게 물었다.

"선생, 상보께서 만약 진중에서 죽었다면 이 비통함을 어이하리오."

운중자가 말했다.

"안심하십시오. 여악의 말은 거짓입니다. 자아는 백일 동안만 재난을 당하게 되어 있습니다."

이때 뒤쪽에서 나타·양전·금타·목타·이정·위호·뇌진자 등이 일제히 소리쳐 말했다.

"저 요사스런 놈을 붙잡아 갈기갈기 찢어 죽여 우리의 한을 씻고야 말 테다!"

여악과 진경 두 사람은 몰려드는 적을 맞이하여 한판 커다란 싸움을 벌였으니 살기 가득한 음풍만이 표표히 불고 냉랭한 안개가 허공에 가득했다.

이윽고 자아진영의 여러 장수들이 여악과 진경을 가운데로 몰아넣고 에워쌌다. 이때 나타가 삼수팔비三首八臂를 드러내고 건곤권을 날려 진경의 어깻죽지에 명중시켰다. 양전도 효천견을 풀어 여악의 머리를 물어뜯게 했다. 이에 두 사람은 패하여 온황진 속으로 도망칠 수밖에 없었다.

여러 장수들은 더 이상 그들을 추격하지 않고 대왕을 옹위하여 군영으로 돌아왔다. 대왕은 자아가 보이지 않는 것을 못내 안타깝게 생각하여 운중자에게 다시 물었다.

"상보가 진 안에 붙잡혔는데 언제쯤이면 벗어날 수 있겠소?"

운중자가 가벼운 미소를 띠며 말했다.

"대왕께서는 거듭 노심초사하시지만, 부디 마음을 놓으십시오. 어차피 이 일은 이렇게 밖에 될 수뿐이 없는 일입니다. 백 일의 재액에 지나지 않으니, 재앙의 기운이 가득해지면 아무런 일 없이 벗어날 수 있을 것입니다."

그러자 대왕이 크게 놀라 다시 물었다.

"백 일 동안이나 아무것도 먹지 않고 어떻게 살 수 있겠소?"

"대왕께서는 홍사진紅沙陣에서의 일을 기억하십니까? 그때에도 역시 백 일이 지났으나 아무 일도 없지 않았습니까? 옛말에 이르기를 '복이 있는 사람은 온갖 수단을 써서도 해칠 수가 없으나, 복이 없는 사람은 도랑에 빠지더라도 생명을 잃는 수가 있다'고 했습니다. 그러니 대왕께서는 크게 염려하지 않으셔도 됩니다."

하지만 워낙에 심성이 여리고 인자한지라 대왕은 답답함을 어찌하지 못하고 거듭 한숨만 내쉴 뿐이었다. 대왕은 그렇게 군막 안에서 근심에 싸인 채로 하루를 1년처럼 보냈다.

한편 여악은 자신이 자아를 잡은 것이 하도 기쁜지라 매일 세 번씩 진에 들어가 온황산의 힘을 빌려 온황의 독을 자아에게 옮겼다. 가련한 자아는 오직 곤륜의 행황기에만 의지한 채 온황산을 떠받치고 있었는데, 진 안에는 언제나 금빛 꽃 1천1백 송이가 피어 나타났다 사라졌다 하면서 그의 몸을 보호했다.

여악이 관으로 들어가니 서방이 맞이하며 물었다.

"선생, 강상을 진에 잡아두었으니 언제쯤 그의 목숨이 끊어질지 알 수 있을는지요? 그리고 언제쯤이면 서주 병사들을 소탕할 수 있을는지요?"

여악이 말했다.

"나에게 그것을 성취할 방법이 있소이다."

서방이 말했다.

"이제 붙잡은 서주장수들을 조가로 압송하여 그 죄를 물으면, 내 특별히 상주문 하나를 따로 써서 선생의 공덕을 칭찬하고 수비병을 더 보내줄 것을 청할 것입니다."

여악이 말했다.

"나에 대한 것은 이야기할 필요 없소. 당신은 천자의 신하이니 그와 같이 하는 것이 이치에 닿으나, 나는 본시 도문에 속한 자이므로 그의 작위나 봉록을 받지 않을 것이니 이야기해도 소용이 없을 것이오. 다만 관 안에 반신反臣을 두는 것은 불가한 일이니 뜻밖의 일에 대비하여 조심하시오. 이는 아주 중요한 일이오. 아울러 수비병을 더 청하여 다시 조치하는 게 좋겠소."

서방은 명을 받고 급히 서주의 네 장수를 죄인의 호송수레에 싣고 방의진方義眞을 시켜 조가로 죄를 물으러 보냈다.

방의진은 네 장수를 호송하여 동관潼關으로 갔는데, 길이 80리에 지나지 않았으므로 하루가 다 가기 전에 도착했다.

한편 청봉산 자양동의 청허도덕진군은 한가롭게 도원을 거닐다가 양임楊任이 곁에 다가오는 것을 보고 말했다.

"이제 너는 천운관으로 가서 온황진에서 위기에 처한 자아를 구하고 붙잡힌 네 장수들을 구해내야겠다."

양임이 말했다.

"사부님, 제자는 본래 문신출신으로 병과兵戈를 다루는 자가 아닙니다."

그러자 도덕진군이 웃으며 말했다.

"뭐가 어려울 것이 있겠는가? 배우기만 하면 자연히 할 수 있느니라. 모든 일이란 배우지 않으면 비록 할 수는 있다고 하더라도 소홀한 점이 있는 법이지."

도덕진군은 후원의 동굴로 들어가 창 한 자루를 꺼내왔다. 이 창은 '비전창飛電鎗'이라고 하는 것이었다. 도덕진군은 도원에서 이 창을 양임에게 건네주었다.

양임은 봉신방에 올라 있는 정신正神이었으므로 총기가 있고 지혜로웠다. 도덕진군이 가르쳐 주는 것을 한번 보고 나자 금방 해내었다.

마침내 도덕진군이 말했다.

"제자가 몹시 총명하여 기쁘기 한량없다. 내 이제 운하수雲霞獸를 네게 주겠다. 그리고 오화신염선五火神焰扇 부채도 줄 것이니 이것을 가지고 하산하라."

그러면서 귀에 대고 온황진을 깰 비책을 일러주었다. 다시 도덕진군이 덧붙여 말했다.

"또한 황비호 등 네 장수들이 중도에서 어려움을 겪고 있으니, 먼저 관 안에서 그들을 구하여 지원세력으로 삼아라. 온황진을 깨뜨리고 난 뒤에 안팎에서 협공을 하면 반드시 성공할 수 있을 것이니라."

양임이 스승에게 절을 하고 운하수에 올라 뿔을 세차게 때리자 네 다리에서 채색구름이 일면서 힘차게 공중으로 날아올랐다.

양임은 순식간에 동관에 이르렀다. 성으로부터 30십리 떨어진 곳에서 보니, 방의진이 죄수들을 호송해 가는데 깃발에는 '기주의 반역장수 황비호·남궁괄·서개·홍금 호송중'이라는 커다란 글자가 쓰여 있는 것이 보였다. 양임은 운하수를 몰고 내려가 곧장 길을 막고 소리쳤다.

"멈춰라! 이 장수들을 어디로 데려가는 중이냐?"

군사들이 양임을 보니 그 생김새가 흉측하고 기괴했다. 양임은 눈이 있을 자리에 손이 한 쌍 길게 뻗쳐나와 있고, 그 손바닥에 오히려 눈이 박혀 있었으며, 신수(神獸)에 올라탄 채 버드나무 가지처럼 긴 머리카락을 뒤로 휘날리고 있었으니, 그 모습을 보고 도무지 놀라지 않는 자가 없었다.

이에 군사들이 뛰어가 방의진에게 이 사실을 알렸다.

"장군께 아룁니다. 괴이하게 생긴 자가 나타나 길을 막습니다."

방의진이 배포있게 말을 돌아 군진 앞으로 나아갔다. 그도 양임의 이와 같은 모습을 보고는 이제껏 한번도 본

적이 없는 모습인지라 마음속으로는 놀라 하면서도 허세를 부리며 크게 외쳤다.

"거기 온 자는 누구냐?"

양임은 본래 문관출신이라 언변이 유창했으므로, 이에 대답하여 말했다.

"내가 바로 상대부 양임이오. 그런데 장군은 어찌하여 하늘의 뜻이 이미 현명한 군주에게 돌아갔음에도 기어이 하늘의 일을 거역하여 스스로 멸망을 자초하시오?"

방의진이 말했다.

"나는 주장의 명을 받들고 서주장수들을 조가로 호송하는 길인데, 왜 당신이 나서서 길을 막는가?"

양임이 말했다.

"나는 사부의 명을 받고 하산하여 온황진을 격파하러 가는 길인데, 지금 압송되는 주나라 장수들을 만났으니 마땅히 구출해야겠소. 내가 장군에게 권하노니, 나와 함께 무왕께로 귀의하는 것이 좋지 않을까 하오. 그것은 바로 하늘과 인간의 뜻에 따르는 일일 뿐만 아니라 제후로 봉해진 지위도 잃지 않는 길이니, 그렇게 하지 못할 이유가 없을 것이오."

방의진은 양임이 작은 목소리로 속삭이듯 말하는 것을 보고 양임을 대단치 않은 자로 여기고 창을 곧추세우며 소리쳤다.

"이 역적놈아! 도망가지 말고 내 창을 받아라!"

양임은 곧 손에 들었던 창으로 급한 대로 막았다. 둘은 공수를 반복하며 크게 싸움판을 벌였으나, 몇 차례 맞붙지 않아서 양임은 걱정이 앞섰다. 혹시 군사들이 붙잡혀 있는 장수들을 해칠지도 모른다는 염려였다. 양임은 급히 오화신염선을 꺼내 방의진을 향해 흔들었다.

양임은 이 부채의 효력이 어떤지를 모르고 있었다. 한바탕의 굉음과 함께 굉장한 일이 벌어졌다. 맹렬한 불꽃이 허공으로 1만 장丈이나 치솟아 올랐던 것이다. 천 갈래의 금사金蛇 즉 번개가 번쩍이며 내리쳤다. 검은 연기는 대지를 휘감아 돌아 3척 깊이까지 붉게 물들인 것이 바닷물을 펄펄 끓이며 파도를 뒤엎는 듯했다. 그런 다음 불꽃은 지척에서 사라졌다.

방의진은 말과 함께 일진광풍에 휩쓸려 날아가 버렸다. 군사들은 이를 보자 비명을 지르며 머리를 감싸쥐고 허겁지겁 관으로 도망쳐 들어갔다.

한편 풀려난 황비호 등은 이러한 양임의 모습에 감탄하며 그가 보통사람이 아닌 이인임을 알아보고 급히 물었다.

"오신 분은 대체 어느 존신尊神이십니까?"

양임은 그가 황비호임을 알아보고 급히 운하수에서 내려 말했다.

"무성왕 전하, 소신은 다른 사람이 아니라 바로 상대부 양임입니다. 천자가 실정하여 녹대를 세우기에 저와 몇 신하가 직간을 했더니, 어리석은 임금이 저의 두 눈을 도려냈습니다. 그런데 마침 도덕진군께서 저를 구하여 산으로 데려간 뒤에 저의 눈구멍에 선단仙丹을 넣었더니 이렇게 눈 달린 손이 나오게 되었습니다. 오늘 특별히 제가 산을 내려온 것은 온황진을 부수려는 것인데, 그에 앞서 장군들을 구하고자 이렇게 자그마한 힘을 보태게 되었습니다."

장수들은 양임에게 감사의 뜻을 전하고 사무친 한에 이를 악물었다.

양임이 말했다.

"네 장군들께서는 관을 나가지 마시고 당분간 민가를 빌려 묵고 계십시오. 그리고 제가 온황진을 부수기를 기다리셨다가 군대가 관을 공격하러 올 때 장군들께서 내응하도록 하십시오. 대포소리가 들리면 그것이 신호이니 착오 없으시길 바랍니다."

이에 황비호 등은 양임에게 거듭 감사의 말을 전하

고 관내의 민가를 찾아나섰다.

다시 운하수에 오른 양임은 천운관을 빠져나가 서주 진영에 이르렀다. 군정관이 양임을 보더니 크게 놀랐다. 이에 양임이 말했다.

"어서 무왕께 아뢰어라. 나는 반신反臣이 아니다."

보고가 중군에 전해졌다.

"어떤 이인이 뵙기를 청합니다."

운중자는 이미 양임이 온 것을 알고 명했다.

"어서 중군으로 모셔오너라."

양임을 보고 뭇 장수들이 모두 놀랐다. 양임은 운중자에게 절을 하고 입을 열었다.

"사숙께서 여기에 계시니 여악 잡는 것쯤이야 무슨 문제가 되겠습니까?"

운중자는 그를 다독거리면서 그만 일어날 것을 청했다. 이어서 여러 사람들에게 소개하고 서로 인사하도록 했다.

곧 양임은 대왕을 알현했다. 대왕이 크게 놀라며 모습이 이와 같이 된 이유를 묻자, 양임은 다시 한번 천자가 자신의 눈을 파낸 이야기를 했다. 그러자 대왕은 술을 내어오라 하여 양임을 대접했다.

"무릇 충신은 하늘이 돕는 법이오. 끔찍한 형벌을 당

했으나 그 일이 오히려 오늘의 귀인을 이루게 했소. 이를 어찌 하늘의 뜻이 아니라 하리오?"

양임이 머리를 조아리며 감사의 뜻을 표했다. 그런 다음 방의진이 호송하여 가던 수레를 습격하여 황비호 등 네 장수를 구한 일을 아뢰었다.

"참으로 고마운 일입니다."

대왕이 감사해 하자 양임이 말했다.

"저의 사부께서 특별히 저에게 온황진을 부술 것을 명하셨습니다."

운중자가 말했다.

"정말 잘 오셨소. 이제 사흘 후면 백 일의 재액이 다 차는 날이오."

문인들은 양임을 부러운 듯이 쳐다보며 모두가 기쁜 얼굴을 지었다.

순식간에 사흘이 지났다. 그 다음날 새벽 서주진영에서 대포소리와 함께 일제히 대부대가 출진했다. 모든 장수들과 제자들이 대왕과 운중자와 함께 양임이 온황진을 부수는 것을 보기 위하여 군영 밖으로 나갔다.

양임은 진 앞에 이르러 크게 소리쳤다.

"여악은 어서 나를 보러 나오라."

그러자 여악은 삼수육비三首六臂를 드러내고 보검을 들

고 나왔다. 여악은 양임의 괴이한 모습을 보고 마음속으로 크게 놀라며 물었다.

"너는 누구냐? 이름이나 밝혀라."

"나는 도덕진군의 제자 양임이다. 특별히 온황진을 부수라는 명을 받들고 왔노라."

여악이 웃으며 말했다.

"어리석은 자가 말은 그럴 듯하게 하는구나!"

여악은 검을 휘두르며 달려나갔다. 양임은 비전창으로 급히 막아 대응했다. 두 괴수가 서로 교차하고 창과 검이 치솟아 올랐다. 이렇게 싸우기를 서너 합이 채 되지 않아 여악은 칼을 거두고 진으로 들어가 버렸다. 그러자 양임은 "내가 간다!" 하고 외치면서 진 안으로 따라 들어갔다.